Tais-toi, Joseph!

Serge Camaille

Tais-toi, Joseph !

Roman des Terroirs de France

Editions Marivole

Chapitre I

Une pluie fine et pénétrante faisait luire le quai de la petite gare sous le halo faiblard des pauvres réverbères censés l'éclairer. La nuit commençait à tomber. J'étais assis sur l'unique banc servant à attendre le train devant le bâtiment principal. Je n'attendais aucun train : j'en descendais.

- Tu peux me dire ce qu'on fout là ?

- La ferme, Joseph ! Tu me fatigues.

- Peut-être, mais ça ne répond pas à ma question. On n'était pas censés descendre à Vierzon ?... On est où, là, d'abord ?

- Pfff... J'en sais rien ! T'as qu'à lire la pancarte au-dessus de ta tête ! Et si on n'est pas descendus à Vierzon, c'est ta faute !

- Comment ça, ma faute ? - Ouais, entièrement ta faute ! Tu me soûlais tellement que je me suis endormi ! Et quand je me suis réveillé, on venait de passer un bled qui s'appelle Nérondes... Mais j'ai pas eu le temps d'arriver jusqu'à la porte que la loco remettait les gaz !

- T'as réussi à t'endormir sur les vieux sièges en bois de ce dur ? C'est fort, quand même !

- Oh, j'en ai connu des moins confortables, des trains !

- Moi aussi...

- Je sais. On va pas revenir là-dessus.

Dans la gare, un vieux à casquette plate me regardait étrangement, les mains dans le dos, en maître des lieux.

- T'as vu : c'est le chef de gare, lui. S'il vient te contrôler, avec ton billet bon que jusqu'à Vierzon, tu vas prendre une amende… Tu ferais mieux d'aller lui acheter un billet pour faire le retour jusqu'à…

- Ta gueule, Joseph ! Je n'irai pas à Reuilly : j'ai changé d'avis !

- Mais…

- Y'a pas de mais : le destin a voulu que je m'endorme. C'est donc qu'il ne veut pas que j'y retourne !

- N'importe quoi ! Et on fait quoi maintenant, dans ce bled, là… La Guerche ? Tu connais quelqu'un ici, toi ?

- Non, personne. On attend, pour l'instant.

- Quoi ? Le dégel ?

- Que la pluie cesse, idiot ! J'ai pas de parapluie dans mon barda, si tu as remarqué.

- Bon, mais après ?

- Après, on marche. Droit devant. On finira bien par arriver quelque part…

- C'est ça, on marche… Qu'est-ce-que tu cherches, au juste ?

- Tu vois : tu continues à me bassiner avec toutes tes questions. Je ne sais pas, moi : je vais bien trouver à me placer comme saisonnier dans une ferme, par là.

- Saisonnier ! Mais t'y connais rien, mon pauvre ami !

- Bon, ferme-la, maintenant. Je sais tailler la vigne, presser, vendanger… Je sais aussi lever des bottes de foin, de paille.

- Qui te dit qu'on est dans un pays de vigne, ici ?

- De la vigne, y'en a partout ! Allez, lâche-moi !

À mesure que la nuit devenait plus noire, la pluie se raréfiait. Je pris mon barda sur le dos et sortit de la gare par le petit portillon latéral. Je me retrouvai sur une place ombragée, avec son traditionnel hôtel de la gare, qui semblait faire aussi bistrot et dancing.

- On pourrait passer la nuit là ?

- Non ! Envie de voir personne… Et puis je ne vais pas commencer à dépenser mes économies à tort et à travers ! On va marcher, on trouvera bien un abri pour dormir.

- Eh ben voilà : on sait pas où on va, mais on y va !

- Ça suffit !

- Non ! Je continue de penser qu'on devrait repartir chez toi. Après tout, tu peux bien rentrer, maintenant, plus rien ne t'en empêche ! Déjà, fin quarante-cinq, t'aurais pu rentrer. En quarante-six aussi, t'aurais pu, puisque tu savais…

- Je pouvais pas tout faire : je te cherchais, ces années-là, idiot !

Tout en palabrant, j'avais déjà bien marché. J'avais suivi une longue rue qui m'amenait vers la sortie de la ville. Arrivé à un croisement, j'ai choisi d'aller tout droit.

- Nous voilà en pleine cambrousse, maintenant !

- Et alors ? Si je veux trouver à m'employer, c'est pas en ville qu'il faut rester…

- On avait le temps de venir se perdre ici. En plus, il fait nuit noire. T'aurais pris une chambre dans cet hôtel…

- Non ! On va bien trouver un endroit pour dormir. Alors tais-toi et marche !

Marcher, je savais faire. Dix ans de bons et loyaux services au sein de l'armée d'un pays qui a fini par trahir mes idéaux, il fallait bien que ça serve à quelque chose. Pour l'instant, la petite route était bordée de prés. Quelques vaches dans ceux de gauche, trois chevaux dans celui de droite. Au loin, on apercevait la lisière d'une forêt.

- Un kilomètre à pieds, ça useuuuuuuu, ça useuuuuuu !

- Ta gueule, Joseph, par pitié ! Tu vas affoler les bêtes.

- Ouais, ben je me tairai quand tu pourras me dire jusqu'où on va… Deux kilomètres à pieds, ça useuuuuuuuu…

- Stop ! Tu vois le petit bois, là-bas ? On va bien y trouver un abri. Comme avant, à la dure.

- Bon, si on ne va pas plus loin, je ne chante plus. D'accord.

Il laissa passer un temps, puis :

- Heureusement que personne ne passe, hein ? Il serait capable de te renverser. Un pauvre gugusse qui marche avec des rangers sur une route avec une tenue de sortie et une capote d'officier sans galons. Tu parles d'une surprise ! Il te prendrait pour un dingue échappé de l'asile, le type !

- Pour l'instant, personne ne passe. Et puis je ne les ai pas volés, mes habits. La capote, elle tient chaud. Je préfère la porter qu'avoir à la traîner dans le barda : c'est moins lourd... Tais-toi, à présent, et marche !

J'étais arrivé à l'orée de la forêt. Je continuai d'avancer, cherchant un chemin où je pourrais m'engager. Je le trouvai au bout de quelques centaines de mètres. Sur la gauche, il descendait légèrement dans le sous-bois. Assez large et à peu près entretenu, il devait bien mener quelque part... En effet, après un virage, j'aperçus comme une clairière où se détachait au clair de lune l'ombre d'une petite bâtisse. Je progressai encore un peu, prudemment. Elle semblait inhabitée. Quand j'arrivai au niveau de la maison, j'eus la surprise de découvrir un étang juste devant. Il ne devait pas y venir beaucoup de pêcheurs : couvert de nénuphars, plein d'herbes folles, il paraissait à l'abandon. Je fis le tour de la baraque. Un petit appentis accolé servait de réserve au bois de chauffage. Personne. J'actionnai le loquet de la porte principale. Fermée.

- T'es pas fou ? C'est pas chez toi... Tu vas prendre un coup de fusil, tout à l'heure !

- Tu ne vois pas qu'il n'y a personne ? C'est une baraque de chasseur, ça. Pas de pêcheur, vu l'état de l'étang. On va dormir sous l'appentis, puisque c'est fermé. Demain, il fera jour !

Je m'installai le plus confortablement possible, me servant de ma capote comme couverture. Je m'endormis avant que Joseph ne recommence à m'envahir de questions saugrenues.

Un craquement me tira des bras de Morphée. J'ouvris les yeux et fus heureux de constater qu'un beau soleil de printemps faisait miroiter l'eau de l'étang. Mais combien de temps avais-je dormi ? Je regardai ma montre : dix heures ! J'avais dû faire le tour du cadran. Du plus loin que je me souvienne, ça ne m'était jamais arrivé. C'est donc ça, la quiétude ? Un autre craquement derrière l'appentis me fit bondir sur mes jambes. Je ne vis rien, masqué que j'étais par le haut tas de bois. Rapidement, je fis le tour. Pour rien, tout était calme, plus rien ne bougeait.

- Ah ! T'es enfin réveillé. On dirait que ça t'inspire, la nature…

- Y'avait longtemps ! Plutôt que tes sarcasmes à deux sous, dis-moi si tu n'as rien entendu, par là ?

- Peut-être… J'ai pas fait attention. Sûrement un lapin dans les fourrés. Au mieux, un chevreuil. Tiens, peut-être même un sanglier. Je ne sais pas si tu as remarqué, mais on est au milieu des bois !

Évitant de répondre, je sortis de mon barda un paquet de petits beurres que j'avais acheté la veille à la gare d'Austerlitz. J'avais faim. Soif aussi, et ma gourde était presque vide.

- Tu boirais bien un café, hein ? Qu'est-ce-qu'on attend pour se tirer, aller jusqu'au prochain bled et s'en jeter un dans un bistrot ?

- Tais-toi ! On est bien là, et il n'y a le feu nulle part…

En emportant le paquet de gâteaux, je commençai à explorer le tour de l'étang. Un chemin avait dû exister, mais il était envahi de ronces et de branches folles. Je réussis néanmoins à me frayer un passage. À ma grande surprise, je constatai que la pièce d'eau était entièrement naturelle, alimentée par une jolie petite source qui se déversait d'abord dans une cavité, tel un évier que Dame Nature aurait placé là pour les vagabonds de passage, comme moi. Ensuite, un mince filet serpentait sur quelques mètres et s'en allait grossir l'étang. Après avoir vérifié qu'aucun batracien malveillant n'y résidait, je commençai par boire une longue rasade de cette eau limpide. Elle était fraîche. Puis je m'en aspergeai le visage, quittai mon gilet, ma chemise et mon tricot de corps et me lavai le haut du corps.

- Elle doit être froide, non ? T'aurais-t'y pas préféré la baignoire de l'hôtel ?

- Elle est fraîche, juste comme il faut pour être bien réveillé. Et arrête de me seriner toujours la même rengaine ! Il est hors de question que je mette les pieds dans quelque hôtel que ce soit !

Je ramassai mes effets et revins vers la baraque. En cherchant un tricot de corps propre dans mon sac, je mis la main sur mon pistolet d'ordonnance. Je l'avais un peu oublié, celui-là. J'hésitai un moment... Allais-je le balancer à la flotte ? Et mes souvenirs avec ? Les bons comme les mauvais ? Tout compte fait, je décidai de le garder et le glissai à ma ceinture. Il était vide, de toute façon. Il pouvait juste me servir à éloigner les importuns.

- Ah ben là, si on croise quelqu'un, on va vraiment croire que t'es un bandit en cavale ! T'as hésité à le jeter, hein ? T'es pas obligé, mais laisse-le dans ton barda, au moins !

- Non... C'est juste en cas de mauvaise rencontre.

- Tu parles ! Il est même pas chargé !

- Pfff... Ferme-la, tu me fatigues dès le matin.

Je remontai jusqu'au bord de l'étang. Il ne possédait pas de digue artificielle, s'arrêtant simplement. Au bout, il se déversait en un petit ruisseau qui courait entre les arbres. En cette fin mars, c'était exceptionnel que le soleil me chauffe ainsi la peau. Je n'avais pas remis ma chemise et cette sensation de douce chaleur me faisait un bien fou. Je descendis récupérer mon sac, le posai face à la lumière et m'en servis comme oreiller, allongé le nez au soleil, en fermant les yeux. Je finis par me rendormir.

Chapitre II

- J'te dis que c'est un envoyé du bon Dieu, le gars... Déjà, il est beau comme un ange ! Et pis il causait en l'vant les yeux au ciel. Mais y causait pas tout seul, hein : y répondait à un aut'gars qu'j'écoutais pas... Si ça s'trouve, y causait à Dieu ! Même qu'y l'appelait Joseph ! Comme le père du p'tit Jésus. Allez, on y va, vous verrez ben !

Les trois gamins s'étaient arrêtés au bord du chemin. Si la petite avait essayé de convaincre les deux autres, elle n'y était pas encore parvenue. Il lui faudrait trouver d'autres arguments.

- Si ça se trouve, c'est juste un déserteur, ton beau soldat ! Qu'est-ce qu'un militaire viendrait foutre à dormir sous la remise de c'te vieille bicoque, hein ?

C'était Pierrot qui avait objecté. Annie, la gamine, s'énerva :

- Meuhhh non ! Il avait l'air tranquille... Il a même souri quand qu'y s'est réveillé. C'est moi que j'l'ai réveillé : j'ai monté su'une branche. Il a ouvert les yeux, s'est mis su'un coude et là, il a souri. Comme ça, pour rien ! J'ai pu bougé... Après, j'ai grimpé à l'arbre, doucement, mais j'ai encore fait tomber un truc, j'chais pas quoi. Alors, il a v'nu, a regardé partout, mais a pas l'vé la tête. Heureusement ! C'est là qu'y s'est mis à causer. Mais pas tout seul, j'vous dis ! Y répondait à quéqu'un. Quéqu'un qu'était pas là, j'aurais ben vu, ou entendu. J'chus pas dingo !

Ce fut au tour du gros Michel de commenter :

- Ouais, ben moué j'dirais plutôt qu'c'est lui l'dingo ! P't'être même qu'y s'est échappé d'Beauregard. Et pis son uniforme, il a dû l'voler, pour s'sauver. J'y vas pas, moué, j'a pas envie de m'faire zigouiller... C'est dangereux, les fous !

Pierrot appuya :

- Ou alors, c'est un criminel qu'a réussi à se sauver du Bordiot !

- C'est quoi ça, le Bordiot ?

- C'est la grande prison, à Bourges. Faudrait p't'être prévenir les gendarmes ?

La petite s'indigna :

- Ça va pas, non ? T'aurais fait un beau collabo, toi. Heureusement qu't'étais trop p'tit !... Bon, vous v'nez ? On y va doucement, sans se faire voir. Il est p't'être gentil, après tout ?

Pierrot contra encore :

- Et qu'est-ce qu'on y dit, si y nous voit ?

- Eh ben qu'on vient aux champignons ! J'chus chez moi, après tout. Il est à mon tonton, l'bois !

Michel, péremptoire :

- Moué, j'suis d'loin. Pas envie de m'faire tuer, j't'a déjà dit !

La gamine se moqua :

- Toi, à force de vivre entre trois bonnes femmes, t'as rien dans l'froc ! Faudrait quand même que ta mère ou ta sœur trouve un bonhomme : ça leur ferait du bien, et à toi aussi !

- Pfff !

Ils reprirent leur marche, sortant dos courbés du sentier, Michel quelque trente mètres derrière. Arrivés à l'endroit où elle espionnait mes faits et gestes ce matin, Annie fit signe aux deux autres de faire silence. En vain : le gros Michel qui avait pris du retard arrivait en soufflant et bouscula Pierrot dans un énorme fatras. Agacée, la gamine chuchota :

- Tu peux pas faire attention, gros sac ? Je croyais que tu restais derrière ?

- Pardon... J'chus pas gros, d'abord ! J'chus malade : c'est l'toubib qui l'a dit à ma m'man !

- Ah ouais ! A s'appelle comment ta maladie ? caramels mous plein les poches ou brioche à tous les quatre heures ?

- Pfff...

La gamine reprit, toujours à voix basse :

- On dirait qu'il est pu là. Y'a pu ses affaires sous la r'mise...

Pierrot se dressa doucement et tendit la tête :

- Si : il est su'la digue... Y dort la bouche ouverte ! Eh, soit il est idiot, ton sorcier, soit il est mort : tu verrais le coup d'soleil qu'il a pris sur le pif !

Les deux autres se levèrent à leur tour pour constater l'étendue des dégâts. Michel ajouta :

- C'est vrai qu'y bouge pas d'un poil ! Vous croyez qu'il est mort ?... Oh, il a un flingue vers son ventre !

En effet, le pistolet avait glissé de ma ceinture et reposait dans l'herbe. Pierrot s'enhardit :

- J'vas aller voir... et récupérer le pétard : au moins comme ça, on pourra s'défendre !

Quand Annie essaya de s'y opposer, il était déjà trop tard. Le gamin arrivait par-derrière et posait sa main sur l'arme. Réveillé en sursaut, je bloquai son bras et d'un revers de coude, je l'envoyai valdinguer par terre. Encore dans le cirage, je le bloquai en l'enfourchant, enserrant son maigre cou de poulet. Au même moment, plusieurs voix me parvinrent, entremêlées. D'abord, une gamine mal embouchée, vêtue comme un garçon, le cheveu hirsute, qui s'était arrêtée à deux mètres de la scène en hurlant :

- Non, m'sieur, pitié, le tuez pas !

Puis la voix de Joseph :

- Lâche-le, Jules ! C'est pas un niaque ! C'est qu'un gamin ! On n'est plus dans les rizières, là ! On est dans un bois du Berry, rappelle-toi !

Je levai la tête et relâchai mon étreinte. Le petit, le nez en sang, déguerpissait à toutes jambes. La gamine, toujours tétanisée devant moi, lança simplement :

- Merci, m'sieur...

Un autre gamin apparut, plus costaud, et l'attrapa par la main. Moi, je restai là, à genou, hébété. Je ramassai le pistolet et le remis dans mon sac. Joseph se manifesta :

- Qu'est-ce-qu'on fait, maintenant ? T'as agressé un gamin : on peut pas rester là ! S'il le dit à ses parents, ils vont alerter les gendarmes...

- Je n'ai fait que me défendre. Il voulait me voler, le gamin, comme tu dis ! Il a juste pris une baffe, après tout !

- Euh ! T'as quand même failli l'étrangler !

- Vieux réflexe qu'il faut que je perde... Mais t'as raison : il faut partir. Il est temps de trouver du boulot, maintenant.

Après s'être sauvés à toutes jambes, les trois gamins tenaient conciliabule, assis au bord de la route.

- Il est taré, ton soldat !

C'était Michel qui s'adressait à la gamine.

- Pourquoi ? Parce qu'il s'est défendu ? T'aurais p't'être fait pareil si on avait essayé de t'piquer un truc quand que c'est qu'tu dors ?

Pierrot intervint en nasillant, son mouchoir plaqué sur le nez :

- Ouais, enfin, il a quand même essayé de m'étrangler, hein ? Mais y va m'le payer, j'te jure !

- Tu t'es vu ? Et pis tu l'as vu ? Tu fais pas l'poids, mon p'tit gars ! Et pis t'es pas mort, alors...

Michel remit son grain de sel :

- Non, mais si t'avais pas crié, toi...

- Il avait déjà commencé à le lâcher, quand que j'ai crié...

Pierrot reprit :

- C'est vrai ! Je pense pas qu'y voulait m'tuer... juste m'empêcher de bouger. Y'me serrait l'kiki juste pour que j'bouge pas. C'est la baffe qui m'a fait pu mal : j'saigne encore un peu...

- Il est pas cassé, ton pif ! C'est juste une petite claque. T'en prendras d'autres... Déjà si t'ouvres ta gueule devant ton père, y t'en collera une deuxième : ça f'ra la paire !

- Ouais, c'est ben possible...

Michel intervint encore :

- Ça fait rien : on devrait aller aux gendarmes, quand même. Il est pas catholique, ton gars... Et pis t'as vu sa tête ?

- Quoi, sa tête ? Il est beau comme un dieu !

- Tu parles ! Un grand blond mal rasé avec des yeux qui font peur... Une tête de Boche, oué ! Si ça se trouve, C'EST un Boche ! Y'en a plein qu'ont déserté à la fin de la guerre, et qui battent la campagne comme des romanos !

- Eh, ho ! Réveil, le gros ! Y'a pu de dix ans qu'elle est finie, la guerre ! T'as vu le gars : y d'vait pas avoir quinze ans, à la fin de la guerre !

- Et alors ? Tu sais pas qu'y z'enrôlaient des gamins, les Boches à la fin ? C'est possible, j'te dis, c'est possible !

- Ouais, ben on va pas aux flics ! Et toi, Mich, tu fermes ta grande gueule ! Bon, vous faites quoi, à présent ?

Pierrot dit :

-Ben j'vas rentrer, sinon j'vas encore en prendre une ! Et toi ?

Annie dit :

- Allez-y si vous voulez. Moi, j'reste là, planquée. J'veux voir où qu'c'est qu'y va. Y peut pu rester là, à présent. Et pis j'pourras p't'être lui causer, lui d'mander si y sait, vu qu'y cause avec le ciel !

Ne voulant pas en rajouter quant à la disparition de son père, sujet de polémiques incessantes entre eux trois, les deux garçons repartirent en direction de la ville, après s'être donné rendez-vous le lendemain à l'école.

Le barda sur l'épaule, j'avais pris le chemin en sens inverse de la veille. Joseph résuma ma pensée en une phrase :

- Dommage, on était bien ici ! C'était calme...

- Ah, tu as changé d'avis ? Je serais bien resté une journée de plus, mais ce n'est plus possible. S'il n'y avait pas eu ces gamins... Mais qu'est-ce qu'ils venaient foutre là ?

- Se balader, sûrement. Je te rappelle qu'on est jeudi : il n'y a pas école... Peut-être qu'ils venaient aux champignons, avec ce qui est tombé hier ?

- Ouais, peut-être... Mais pourquoi m'avoir agressé ?

- Oh, arrête ! Il ne t'a pas agressé, le môme. Il a juste été attiré par ton Manurhin, c'est tout. Je t'avais dit de laisser ça dans le sac. Maintenant, il faut souhaiter qu'il n'aille pas se vanter de ses exploits... Et où va-t-on, là ?

- Droit devant, essayer de se placer... au moins avoir un toit pour dormir ce soir.

- Si tu voulais, on remonterait dans le train: direction Vierzon... Après: Reuilly. T'en as un toit, là-bas, et c'est le tien !

- Pas question ! Le mien... il y a si longtemps ! Je ne sais même pas si ma mère me reconnaîtrait. Je ne suis pas prêt à jouer le retour du fils prodigue !

- Mais c'est bien ce que tu avais décidé en partant de Paris !

- J'en suis plus sûr du tout ! Partir, oui, mais rentrer chez mes parents, après tout ce temps... Je ne sais pas si j'ai digéré tout ça.

Accroupie dans le fossé, la gamine se dit: « Il parle bien à quelqu'un, là, j'ai pas rêvé ! C'est sûr qu'il va m'aider, lui ! » Tout en cheminant, j'avais l'impression de ne pas être seul. Je me retournai plusieurs fois: rien ni personne. Je poursuivis ma route. Au bout de quelques hectomètres, la forêt prenait fin, laissant place à des prés où broutaient des vaches. En haut d'un petit tertre, une vaste ferme, pas très bien entretenue. Je rejoignis le chemin qui y menait. Arrivé au centre de la cour, un chien se mit à aboyer au bout de sa chaîne et un vieil homme apparut à l'entrée d'une étable, un seau dans chaque main :

- Qui qu'c'est-y qu'vous cherchez, soldat ?

- Bonjour, monsieur... Je ne suis plus soldat: je cherche de l'embauche.

Il me toisa de la tête aux pieds, puis :

- T'es pas d'par là, toi. D'où qu'c'est-y qu'tu viens ?

- Je suis de Reuilly, mais…

- Reuilly ? C'est l'Berry riche, ça ! Qui qu'tu viens t'perdre là ?

- C'est une longue histoire… Alors, vous avez quelque chose pour moi ?

Il posa ses seaux et s'approcha :

- C'est pas l'ouvrage que manque, c'est sûr ! Si tu veux, j'ai du bois à faire, au moins pour une semaine… Cent francs par jour, nourri et logé dans la grange, là. J'ai pu d'chambre : c'est la Germaine, l'arpette, que dort d'dans. Après, on verra si tu fais l'affaire…

- Ça me va…

- Alors, tope là !

Chapitre III

Le père Mathieu, puisqu'il m'a dit se nommer ainsi, m'invita à le suivre à la laiterie afin qu'il vide ses seaux. Là, une petite dame grisonnante s'activait à la baratte. En nous voyant pénétrer dans son domaine, elle s'arrêta, se retourna en fronçant les sourcils. Le vieux lui dit qui j'étais et ce que j'allais faire. Un sourire illumina alors son doux visage. Elle me dit simplement, d'une voix douce et chaude : « Bienvenue, jeune homme. » Puis elle retourna à sa baratte. Après avoir vidé ses deux seaux dans une grande jatte en aluminium, le père Mathieu m'invita à le suivre. Une fois dehors, il me dit juste : « Elle, c'est la Marguerite », sans plus de précision. On entra alors dans l'étable où une jeune fille apparemment jolie finissait de traire une des douze vaches. Là, il me dit juste :

- Et elle, c'est la Germaine, not'fille. Enfin presque... Elle a été placée cheu nous par l'assistance quand qu'elle avait deux ans... Elle en a vingt-cinq, à présent ! Tu vois, gars, si ça se trouve, t'es pas parti de sitôt !

En sortant, il m'emmena jusqu'à la grange pour me montrer où je dormirais.

- Tu vois, là-haut, t'as une paillasse, entre les bottes : t'auras jamais froid. J'vas quand même te donner une couverture, d't'à l'heure.

Je montai poser mon barda par la petite échelle qui menait au fenil. Il me regarda faire, m'attendit, puis me dit :

- Bon, vins donc boire un canon, pour arroser ça !

Il me fit pénétrer dans une vaste pièce commune, basse de plafond et très sombre avant qu'il n'actionne le commutateur. Il prit une bouteille dans un seau, au pied de l'évier, sortit deux verres d'un placard et m'invita à m'asseoir sur un des deux bancs qui entouraient une immense table massive. En remplissant les godets, il dit :

- C'est pas du Reuilly, hein ! C'est ma production à moi, ça. Mais ça se laisse boire…

Je trempai mes lèvres dans le breuvage :

- J'en ai bu de pire…

Il prit mon commentaire comme un compliment, sortit sa blague à tabac, prit une feuille, la garnit et me la tendit. Je stoppai son geste de la main en sortant un paquet de Gauloises « Troupes » de ma poche. Pour me justifier, je dis :

- Désolé, je ne sais pas les rouler…

À cet instant, la porte s'ouvrit et la petite gamine de l'après-midi entra dans la pièce, un large sourire aux lèvres. Le visage du vieux s'illumina :

- Ah ! Voilà Ninny !… C'est Ninny, enfin Annie, ma petite-nièce !

La gamine sauta au cou du vieil homme. Il l'écarta doucement et dit :

- Tins, c'est Jules, il va travailler cheu nous quèque temps !

J'intervins :

- On s'est déjà croisés…

- Ça m'étonne pas, elle ravasse partout, la gamine. Mais elle est ben mignonne.

Le dîner se déroula dans un relatif silence. Bien sûr, on me posa quelques questions. Oui, je sortais de l'armée. Oui, j'étais en Indochine. Oui, j'y suis resté toute la guerre. Et non, je n'avais pas renouvelé mon engagement. Je restai concis dans mes réponses, me contentant de « Oui » et de « Non », disant simplement que l'histoire était trop longue, qu'on aurait le temps d'en reparler. Le père Mathieu, perspicace, nota simplement, en posant une question qui n'appelait pas de réponse, que j'étais sûrement officier. Observateur, il avait bien remarqué que ma tenue n'était pas celle d'un simple soldat. La douce Marguerite me demanda mon nom - « Pas par curiosité ! Juste pour vous déclarer à la sociale, hein ! » s'était-elle excusée. Pendant tout le repas, on n'entendit pas les deux filles. Elles se contentaient de me manger des yeux, chacune à leur manière, et certainement pas pour les mêmes raisons. De mon côté, je ne posai aucune question, me satisfaisant de les écouter se dévoiler à mesure que le temps passait. Oh, je n'appris pas grand-chose, à part que Marguerite n'était pas la femme de Mathieu, mais sa sœur, et qu'elle était aussi la grand-mère de la petite Annie qui n'avait plus ses parents. Comment ? Pourquoi ? Je ne le sus pas et l'apprendrais bien assez tôt. De toute façon, le père Mathieu, comme pour me rendre la monnaie de ma pièce, avait simplement dit : « Nous aussi, c'est une longue histoire. On aura tout le temps d'en reparler... » Après un bon café accompagné d'une vieille eau-de-vie de prune que je ne pus refuser au vieux, je montai enfin rejoindre ma paillasse en haut de la grange. Joseph sortit de sa réserve :

- Eh bien voilà ! J'espère qu'on pourra y rester, ici. Ils ont l'air de braves gens. Et puis la gamine, elle n'a rien dit.

- Ouais, ben on restera au moins une semaine... Après, je ne sais pas si l'ancien aura encore besoin de moi.

- Tu rigoles, Jules, t'as vu comme il est grand, ce domaine ? Il y a toujours quelque chose à faire, dans ce genre de ferme.

- On verra, on verra...

- Et puis si tu le voulais, tu ne t'ennuierais pas. T'as vu comment qu'elle te bouffait des yeux la gamine ? Eh, je parle pas de la petiote, hein !... Non, la Germaine : c'est une belle plante, non ?

- Tu sais bien que je n'ai pas l'esprit à ça, en ce moment. Plus tard peut-être. Ou ailleurs... Et puis la bagatelle pour la bagatelle, non merci !

- Mais...

- Chut !

Un glissement furtif attira mon ouïe affûtée par quelques années de guerre. Je me penchai légèrement, m'attendant à voir la petite Ninny. Ce n'était pas Ninny. C'était Germaine qui devint écarlate en voyant dépasser ma tête. Sans que je demande quoi que ce soit, elle se hâta de dire :

- Je viens voir si y'a pas quèques œufs à récupérer : on a deux poules qu'ont pris l'habitude de pondre là !

Puis, sans que j'aie le temps de répondre :

- Avec qui parliez-vous, tout à l'heure ?

- Avec personne : je me faisais quelques réflexions à voix haute, comme ça... Je me tiens compagnie, quoi !

Elle sourit et ressortit en prononçant un « Bonne nuit ! » à peine audible. Joseph attendit un moment, puis :

- Tu vois : tu n'avais qu'à tendre la main !

- M'intéresse pas, j'te dis !

Un autre bruit me fit tendre l'oreille. Une nouvelle fois, je me penchai, mais je ne vis rien ni personne. Je finis par m'endormir.

Après avoir avalé un bol de café brûlant en silence, je suivis le vieux Mathieu jusqu'à une aile de la ferme que je n'avais pas encore découverte. Je restai bouche bée quand le paysan ouvrit le battant en tôle d'un immense hangar. Là trônaient trois tracteurs : un antique à courroie, un petit Massey Fergusson, et un McCormick flambant neuf. Il y avait aussi une presse, une faneuse, et jusqu'à une moissonneuse batteuse dernier cri. Comme je restais immobile devant cet étalage, le père Mathieu me dit :

- T'as l'air étonné, gars... Tu croyais p't'être qu'on labourait encore au cul d'un ch'val, ou qu'on battait encore le blé à la main ?

- Non, mais... Vous faites aussi des céréales ?

- Pas beaucoup, non... juste pour nous. Moi, j'chus éleveur. On fait dans la génisse et le broutard, depuis des générations.

- Mais la moissonneuse ?

- Eh ben, j'la loue, et moi avec !... Enfin, dans l'temps, c'était l'gamin que faisait ça. Le père de la petite... avec la vieille moss-bat en bois. Une tractée qu'est en train d'pourrir au fond, là-bas.

Il m'invita à grimper sur l'aile du petit tracteur rouge, et nous partîmes vers le bois où j'avais passé la journée précédente. Plutôt que de prendre le chemin à gauche qui menait à l'étang, il bifurqua sur la droite et nous arrivâmes dans une petite clairière où plusieurs arbres avaient été abattus. Seules restaient sur pied les essences les plus chères. Du chêne, surtout. Le vieux m'expliqua qu'on devait débiter le bois de chauffage et le mettre en stères, afin qu'après on puisse tomber les chênes et les préparer en grumes. Ensuite, il m'expliqua qu'un grumier viendrait les charger : ils les avaient vendus à la scierie de La Guerche.

Je mis un tel acharnement au labeur, jusqu'à la pause casse-croûte de neuf heures, que Mathieu, surpris, me dit :

- À ce train-là, t'auras pu d'boulot avant la fin d'la s'maine ! T'es un violent, toi !

- J'en ai besoin : ça me vide la tête ! Et comme j'aime pas me soûler au pinard, je préfère me soûler au travail !

- Justement, en parlant de pinard...

Il me tendit un gobelet en aluminium douteux, sortit une bouteille de sa musette et me versa une grande rasade. Avec la miche de pain et l'excellent saucisson, ça passait très bien. Puis, tandis qu'il attrapait quelques noix et un fromage de chèvre au fond du sac, il me demanda :

- Alors, ton histoire, elle commence comment ?

- Elle débute fin quarante-trois, si on veut bien tout expliquer... Mais je vous préviens : il en faudra, des pauses casse-croûte !

- C'est pas grave, vas-y, j'ai tout mon temps. Et pis, j'aime ben les histoires.

- Bon, alors en quarante-trois, j'avais que treize ans. J'étais encore un gamin, et comme tous les gamins je rêvais d'aventures, de bagarre, de héros... La période s'y prêtait, en plus. Au village, quand je discutais avec les copains, le sujet était toujours le même : virer les Boches à coup de pied dans le cul. Les uns racontaient des histoires de maquis, les autres parlaient de Radio Londres, des Anglais et des Américains. Chacun d'eux voulait participer. Enfin, aurait aimé. Nous n'étions que des enfants !

« À la maison, c'était une autre histoire. Quand, un soir, mon père me surprit à trifouiller les ondes du poste, il me vira d'un revers de main :

« - On n'écoute pas ça ici… C'est rien qu'un ramassis de terroristes que causent depuis chez les rosbifs ! C'est l'maréchal qu'a raison : f'raient mieux de s'mettre au boulot !

« C'est qu'il ne jurait que par le maréchal, mon père. Les Allemands ? Il s'en foutait : il leur vendait son vin. Une bonne clientèle, les Boches. Quand il s'énervait, il disait qu'il n'y avait qu'eux pour nous débarrasser de toute la racaille, en finissant toujours par "C'est l'maréchal qu'a raison !" Seulement, ce soir-là, la baffe m'a donné de la vigueur et j'ai répondu, même si je n'y comprenais pas grand-chose, à toute cette politique :

« - Il nous emmerde, ton maréchal ! Il a vendu la France aux Boches ! Mais tu t'en fous, on dirait.

« Je m'étais protégé derrière la table afin de ne pas en prendre une autre. Ma mère, réveillée, nous regardait du pas de la porte de sa chambre, sans rien dire. Mon père répliqua :

« - Qu'est-ce t'y connais, toi, p'tit merdeux ? La France, c'est toujours la France ! Quand qu'ils auront fini, les Allemands, ils s'en iront, et pis c'est tout ! En attendant, on fait avec. Et si j'leur vends mon vin, c'est pour que t'aies à bouffer dans ton assiette ! C'est l'maréchal qu'a résumé ça ! Regarde sur les pièces de cent sous : Travail, Famille, Patrie !

Il commençait à vouloir faire le tour de la table. Je tournais aussi :

« - Ben moi, je préfère la vieille formule : Liberté, Égalité, Fraternité… surtout Liberté. On peut plus rien faire, depuis qu'ils sont là, les Boches. Et pis ils emmènent plein de gens qu'ont rien fait. C'est René qui me l'a dit !

« Papa était maintenant tout rouge :

« - Ton René, ça m'étonne pas ! Son père, c'est un communiste ! Sale race, prêt à colporter n'importe quoi… Et toi, Jules, tu s'rais ben un peu communiste, aussi !

Qu'est-ce que j'en savais, moi, ce que j'étais : je ne comprenais même pas le mot ! À cet instant, je ne pensais qu'à me protéger de la prochaine torgnole qu'il s'apprêtait à me coller. En tournant encore autour de la table, je répondis :

« - Eh ben j'aime mieux être communisse que lèche-cul ! Mes copains y disent que t'es un collabo ! Même que certains se taisent quand j'arrive.

« J'avais réussi à atteindre la porte. Je l'ouvris et disparus dans la nuit. Je reviendrais demain, il serait calmé ! C'est ce que je croyais. »

- Oué, ben moi, les Boches m'ont jamais emmerdé… Allez, on reprend l'boulot, tu continueras à midi…

Je n'allais pas en rester là ; il en avait trop dit, ou pas assez :

- Comment ça, ils ne vous ont jamais emmerdé ?

Tout en continuant de débiter sa branche, le vieux ajouta :

- À chaque fois qu'ils sont v'nus pour avoir quèque chose, j'en avais pu !… Et sur l'ton que j'leur répondais, ils insistaient pas, crois-moi ! Remarque, ils étaient pas ben virulents, par là, les Frisés. Si j'avais su, j'aurais peut-être mis de l'eau dans mon vin…

- Pourquoi ? Vous avez agi en patriote…

- Patriote, mon cul ! J'aime pas qu'on vienne me faire chier chez moi, c'est tout ! Et pis j'aimais pas leur suffisance, aux Boches. Disons qu'ils m'agaçaient. Mais patriote, pourquoi ? Pour une bande d'incapables qu'avaient déjà moitié fait alliance avec le moustachu en trente-huit ? Ah non ! Moi, ce que je prônais à ce moment-là, c'était la liberté. Rien que la liberté ! J'aurais mieux fait de fermer ma gueule !

- Comprends pas !

- À force de rabâcher qu'on f'rait bien de les foutre dehors, le gamin y m'a pris au mot et a rejoint la bande d'allumés qu'voulaient défendre l'pont sur la ligne, là-bas, vers Le Veurdre. Et pis il s'est fait attraper. On l'a jamais r'vu !

- C'était votre fils ?

- Non : mon n'veu. Le père de la gamine… Depuis, elle le cherche. Dès qu'elle voit un soldat, comme toi, elle demande s'il a pas connu son père. Faut pas rêver. On sait juste qu'il a été emmené au Bordiot, à Bourges. Après, on n'a pas eu de nouvelles… Et il était pas sur les listes de survivants, à la fin de la guerre.

- Mais elle était petite, Annie, à ce moment-là ?

- Oué. Elle avait moins d'un an… Sa mère est morte en couches. Encore à cause des Allemands ! Quand ça a été le moment, le bébé s'présentait mal. Alphonse, mon n'veu, a été chercher l'toubib à La Guerche. Pouvait pas v'nir : réquisitionné par les Frisés, à Nevers ! Il a fini par sortir, le bébé, mais sa m'man est morte quèques heures après, à la tombée d'la nuit… C'est aussi pour ça qu'il a rejoint l'maquis, le gamin.

- Eh ben dites donc !

-C'est comme ça ! Depuis, nous on l'élève, la gamine, du mieux qu'on peut !

- Et vous, vous n'avez jamais été marié ?

- Non, mais ça aussi, c'est une autre histoire !

Il n'en dit pas plus, et c'est en silence que nous continuâmes de débiter et d'empiler des stères jusqu'à midi. Assis sur de vieilles souches, nous avions commencé à manger en silence. Mathieu avait sorti, en plus du saucisson du matin, une belle tranche de fromage de tête que nous dévorions avec dévotion. Arrivés au fromage, il me demanda :

- Bon, alors tu t'es sauvé… Et après ?

- Ah oui. J'étais bien décidé à passer la nuit dehors. Je suis d'abord allé me cacher dans le petit bosquet derrière la maison. Mais très vite le froid m'a saisi. J'étais en culotte courte, et je n'avais qu'un chandail sans manche sur ma chemise. À pas de loup, je me suis approché de la grange. Je pouvais dormir là, dans les bottes de foin, j'aurais chaud. Arrivé au coin du mur, je fus stoppé par un canon de pistolet pointé sur ma poitrine. Au bout de l'arme, un homme jeune, vêtu d'un blouson de cuir comme en portent les pilotes d'avion et d'une casquette. Avant que j'aie pu proférer la moindre parole, il me dit :

« - Qu'est-ce que tu fais là, gamin ?

« Il parlait français... J'étais un peu déçu. Je croyais tenir mon premier parachutiste anglais, ou pilote ou je ne sais quel héros. Surpris par la question, je répondis :

« - Ben rien... J'chus chez moi, ici... C'est plutôt vous : qu'est-ce que vous foutez chez nous ?

« Éludant ma question, il continua :

« - Tu ne devrais pas être au lit, à cette heure-là ?... Allez, va te coucher. Et tu ne m'as pas vu, hein ?

« Moi, refusant de ne pas en savoir plus, je rétorquai :

« - Sûrement pas ! Pour me prendre encore une torgnole !... Il m'attend d'dans, mon p'pa ! Et il est pas content : j'l'ai traité d'collabo !

« Semblant intéressé, l'homme dit :

« - Et c'est vrai ?

« Je réfléchis un moment, puis :

« - P't'être pas vraiment, m'étonnerait qu'il dénonce quelqu'un un jour, mais il vend son pinard aux Boches, et il les invite même à bouffer, des fois ! Il dit que c'est des clients comme les autres et qu'il faut bien qu'il nous nourrisse... Tu parles ! J'veux pu l'voir, ce salaud !

« Comme il ne me répondait pas, je continuai :

« - Mais vous, vous êtes qui ? Vous cherchez quoi chez nous en pleine nuit ?

« Il avait baissé son arme. Il finit par la ranger dans sa ceinture.

« - Je ne cherche rien... Je me cache des Allemands. Il faut à tout prix que je regagne Paris avant vendredi. J'ai été parachuté la nuit dernière avec deux compagnons, plus bas en Creuse... Une voiture devait nous attendre, mais ça ne s'est pas passé comme prévu. Déjà, il n'y avait pas de voiture. En plus mes deux camarades se sont fait prendre. Je ne sais même pas s'ils sont encore vivants. Moi, j'ai réussi à me cavaler à travers bois. Après, j'ai eu de la chance : un camion m'a emmené jusqu'à quelques kilomètres d'ici. Je suis resté planqué jusqu'à la nuit. Mais maintenant, il faut que j'avance, que je trouve un moyen…

« Un sourire me monta aux lèvres :

« - Vous êtes un résistant, alors ? Un héros ?… Et vous veniez d'où ?

« Amusé par mon enthousiasme, il me répondit :

« - D'Angleterre… Et j'ai des informations à transmettre le plus rapidement possible à Paris !

« Moi, naïf :

« - Fallait les faire passer par la radio, vos infos… Si vous arrivez à Vierzon, vous pourrez prendre le train !

« Décidément, il était de plus en plus amusé par mes réactions :

« - T'es bien gentil, môme, mais c'est pas aussi simple : il y a certaines informations qui ne peuvent être transmises que de vive voix… Et le train, il faut pas y compter. C'est comme si j'allais directement à la kommandantur ! Non, il faut que je trouve un autre moyen. Il me reste trois jours !

« Je réfléchis, puis :

« - Moi, je vois bien comment on pourrait faire…

« Le maquisard, interloqué :

« - On ?

« Moi, naturel :

« - Ben oui : on. Je viens avec vous : ça fait partie de mon plan ! Mais faut pas avoir peur de pédaler… Y'a deux vélos dans la remise : le mien et celui de mon père. On les prend et on roule. Que par les petites routes, et que la nuit.

« Pensif, l'homme me dit :

« - C'est pas bête… Ils cherchent un homme, pas un homme et un gamin. Et puis sur un vélo, c'est tellement gros !… Mais tes parents vont te chercher ! Alerter les gendarmes…

« Moi, résolu :

« - Eh ben ils chercheront, ça les occupera ! Je veux pas rester là. Je veux faire quelque chose, moi aussi ! Eh, il est onze heures du soir. Si on pédale toute la nuit, on sera loin demain matin !

« Semblant encore hésiter, il dit :

« - T'es sûr de toi ? Tu regretteras pas ?

« Pour lui montrer que rien ne m'empêcherait de le suivre, je le tirai par la manche vers la remise :

« - Oui, je suis sûr... Par contre, il faut cacher ce blouson : c'est comme si vous aviez un uniforme ! Tiens, on va prendre les deux vieilles vestes accrochées au clou, là.

« Après avoir revêtus les habits de fortune et enfourchés les deux bicyclettes en silence, il me suivit dans la campagne. La région, je la connaissais par cœur, je l'avais sillonnée dans tous les sens en vélo, déjà. Au bout de quelques kilomètres, l'homme me demanda :

« - Comment tu t'appelles, gamin ?

« Je me retournai légèrement et dit :

« - Jules... Jules de Belmont. Et vous ?

« Il sourit :

« - Joseph... Juste Joseph : il vaut mieux que tu n'en saches pas plus, pour l'instant.

« Bon, eh, père Mathieu, si on reprenait le boulot ?

- Oué... Tu continueras demain. C'est que ça d'vient intéressant, ton histoire.

Nous nous remîmes à l'ouvrage jusqu'à la tombée de la nuit.

Chapitre IV

Pendant ce temps, à la sortie de l'école, la petite Annie s'énervait des moqueries de ses deux copains.

- Tu dis n'importe quoi ! Si je te dis qu'il était militaire, c'est que j'y sais ! Il y a dit à mémé hier soir, pour déclarer j'chais pas quoi !

- Pfff... Il aurait pu dire n'importe quoi ! S'appeler Tartempion et être le roi de Pétaouchnock, tu l'aurais cru, toi ! Tu crois n'importe quoi ! Moi, ce que j'sais, c'est qu'il m'a mis une volée, et que j'vas m'venger un jour... J'chais pas quand, mais j'vas m'venger...

- Eh, il travaille chez nous, à présent, alors fais gaffe... D'toute façon, tu fais pas l'poids, minus !

En disant ça, la petite Ninny se jetait sur le Pierrot toutes griffes dehors. Heureusement, Michel la ceintura à temps, avant que les mots ne se transformassent en pugilat. En même temps qu'il la maintenait, il renchérit :

- Ça va pas, non ? Vous allez pas vous tanner pour ce Boche ?

Annie, en se débattant cria :

- C'est pas un Boche, andouille ! Et pis lâche-moi, tu m'fais mal, gros sac !

Michel insista :

- Qu'est-ce t'en sais, hein ? J'te dis qu'y en a plein qu'sont pas r'tournés cheuz eux !

- Il a pas l'accent, donc c'est pas possible !

- En dix ans, il a pu l'perdre !

Il lâcha la gamine qui se démenait un peu moins. Elle ramassa son cartable, et partit en maugréant :

- Vous êtes que deux abrutis, et j'veux pu vous voir, si vous vous excusez pas...

Pierrot rit bien fort :

- Te d'mander pardon ? Tu t'prends pour qui ?

- Pas à moi, idiot ! À lui, Jules... Et quand j'dis que j'veux pu vous voir, ça veut dire pu d'bois, pu d'étang... C'est chez moi, et j'dirai au tonton qu'vous braconnez et qu'y vous mette un coup d'fusil au sel dans l'cul !

Pierrot allait encore répliquer, mais Michel, plus peureux, le retint par la manche :

- Laisse, ça lui passera bien. A l'a qu'nous comme copains. A va rev'nir demain, tu verras.

- N'empêche ! L'autre, j'l'aurai ! J'chais pas comment, mais j'l'aurai !

Chacun rentra chez soi.

Le soir, le dîner fut assez silencieux. Nous, les deux hommes, nous étions ivres de fatigue. Les deux filles se contentaient de me regarder. Encore. Seule Marguerite me fit apporter une petite précision :

- J'ai été vous déclarer, Jules... et j'ai rectifié votre petit oubli.

- Un oubli ?

- Oui, le « de », devant Belmont, et la suite aussi : de Monteil.

- Désolé... Quand on me demande mon nom, je ne donne que Belmont. C'est une habitude que j'ai prise avec mes camarades de combat, il y a longtemps ! C'est mon ami Joseph qui m'avait conseillé. Il m'avait dit : « Un double "de », chez nous qui sommes presque tous communistes, ça pourrait en choquer certains. À partir d'aujourd'hui, tu t'appelles Belmont, mon Jules ! Depuis, par réflexe, je réponds Belmont.

J'ajoutai, en fouillant dans la poche latérale de mon treillis :

- Tenez, madame Marguerite. Je vous confie ma carte d'identité !

- Merci mon gars... Et plus de madame. Juste Marguerite.

Sitôt le repas achevé, je prétextai une grande fatigue pour prendre congé, autant pour éviter le regard insistant de Germaine que pour échapper à l'eau-de-vie du père Mathieu. Alors que j'allais ouvrir la porte de la grange, j'entendis la voix fluette de la petite Annie :

- Pardon, m'sieur Jules...

Je me retournai en souriant :

- Pas monsieur, Ninny, Jules tout simplement ! Je t'écoute.

- C'est juste pour vous dire que Pierrot, vous savez, celui qu'a essayé d'vous prend'vot'pistolet... Eh ben, y dit qu'y veut s'venger ! Faut faire gaffe, c'est un vicieux, l'Pierrot !

- Ne t'inquiète pas. Si tu veux, on ira le voir demain et je m'excuserai... Je lui expliquerai aussi qu'il ne faut pas voler les affaires des autres. Tu n'auras qu'à le prévenir demain matin à l'école. Ça te va comme ça ?

- Ben, c'est que demain, c'est sam'di. Y'a école que l'matin et moi j'y vas pas ! Mémé a m'fera un mot !

- Et pourquoi ? T'es malade ?

- Non mais l'sam'di, c'est des maths et d'la géo... J'y aime pas ! Ni l'un ni l'autre !

- Tu n'aimes pas, d'accord, mais ça peut toujours servir... Tu veux faire quoi, plus tard ?

- Moi j'veux être dessineuse !

- Dessinatrice, tu veux dire ?

- Oué, c'est pareil !

- Et comment ça t'est venu ?

- Ben parce que j'y arrive bien ! Le maître y dit que j'ai du talent... J'chais pas c'que c'est, l'talent, mais quand y dit ça, y m'regarde comme une vedette !

-Tu me feras voir ?

- Si vous voulez... Et pis aussi j'ai envie d'peindre aussi bien que l'fantôme !

- Le fantôme ?

- Oué… Mais ça, c'est un secret !… Mon secret ! Même aux deux autres idiots, j'en ai jamais parlé… À vous, p't'être qu'un jour j'vous f'ra voir !

- D'accord… Bon, on ira quand même le voir ton copain. Demain en fin d'après-midi, si tu veux. Tu sais où le trouver ?

- Vous inquiétez pas : on cherchera. Au pire, faut qu'y rentre cheu lui à sept heures.

- Eh bien voilà !… Allez, bonne nuit, Ninny.

- Bonne nuit… Jules !

Elle repartit en sautillant, apparemment contente.

Dès que je pénétrai dans la grange, Joseph se manifesta :

- Elle t'aime bien, la petite… J'ai eu l'impression qu'elle voulait te demander autre chose mais qu'elle n'a pas osé.

- Tu crois ?

- Oui… Elle le fera sans doute lors de votre prochaine discussion… Tu sais à quoi je pense ?

- Comment veux-tu ?

- Eh bien je pense que c'est de moi qu'elle veut te parler…

- T'as pas l'impression qu'elle ne te connait pas ? Tu te donnes bien de l'importance, Joseph…

- Tu ne m'as pas bien compris : j'ai voulu dire qu'elle a dû nous entendre discuter, et qu'elle se pose quelques questions, c'est tout !

- Je résoudrai le problème, si elle m'en parle. Comme pour Germaine hier…

- Attention, mon Jules ! Elle paraît bien plus futée que la Germaine, la gamine !

- Sans doute… Bon, allez, il est temps de dormir ! Bonne nuit, Joseph.

On avait tellement bien travaillé la veille que ce matin-là, il ne nous restait plus qu'à débiter les troncs et les fendre en bûches. Depuis sept heures du matin, on en avait sué une belle, et le casse-croûte de neuf heures fut le bienvenu. Évidemment, à peine avais-je avalé la première bouchée que Mathieu me demandait :

- Alors, vous avez roulé, et pis après ?

- Toute la nuit, on a pédalé ! Moi, en pleine forme, ça ne me dérangeait pas. Joseph, lui, crachait un peu le tabac gris. Après Vierzon, je ne connaissais plus les petites routes pour aller plus loin. Joseph reprit donc la direction des opérations. Quand le jour commença à poindre, il nous fit arrêter dans un chemin creux d'une forêt. Je ne savais pas du tout où on pouvait être, ni combien de kilomètres on avait pu parcourir. « On doit être au cœur de la Sologne ! » avait seulement dit le maquisard. Avant d'ajouter : « On repartira un peu avant la fin de l'après-midi, pour trouver quelque chose à manger et à boire... Dormons, maintenant. » On a effectivement trouvé. Je vous passe le reste du voyage qui se déroula sans incident. À croire que les Allemands faisaient relâche. On est entré dans Paris le vendredi, comme prévu, vers cinq heures de l'après-midi. Pourtant mon compagnon de route avait l'air préoccupé. Quand je me risquai à lui demander ce qui n'allait pas, il me dit qu'on était arrivés sans doute trop tard, que la réunion avait lieu à deux heures. Arrivés à destination dans une petite rue du douzième arrondissement, vers la rue de Montreuil, si vous connaissez...

- Pas du tout : j'y ai jamais foutu les pieds, dans Paris ! Enfin si, pendant la guerre, l'autre, la grande : j'ai transité pour partir au front !... En quinze.

- Oui, bon, quand on est arrivés, il n'y avait plus personne ! D'une porte voisine, une femme nous héla pour nous dire que les Boches avaient fait une descente et avaient arrêté quatre hommes, en avaient tué un autre, mais qu'un avait réussi à se sauver. Joseph avait blanchi. Je pouvais sentir la colère monter en lui. Il me fit signe de le suivre et nous repartîmes. Pas bien loin : sur le boulevard Voltaire, il entra sous un porche, et ouvrit la porte de la loge de la concierge. Un homme était assis là devant un verre de vin rouge. Quand il vit Joseph, il devint tout pâle, tenta de se lever, mais n'en eut pas le temps. Mon compagnon avait déjà appuyé sur la détente de son pistolet. L'homme s'effondra sans un mot. Des pas précipités dans l'escalier : une femme arrivait dans l'embrasure de la porte, attirée par la détonation. Joseph l'attrapa par le bras et dit :

« - T'en feras ce que tu voudras, de ton donneur de bonhomme, Simone ! En tout cas, il mérite pas de funérailles nationales !... Et attention : tu la fermes, sinon je reviendrai !

« Il me fit signe de le suivre. C'était la première fois que je voyais un mort. Pas la dernière !... Bon, on reprend le boulot ?

À midi, alors que nous nous apprêtions à finir les restes du casse-croûte matinal après nous être désaltérés d'un coup du rouge « maison » un peu râpeux, on vit débarquer Annie avec à son bras un grand panier en osier. Dedans, recouvertes d'un linge blanc, une tourte aux poireaux encore chaude et une tarte à la rhubarbe. Un sourire éclaira le visage du père Mathieu :

- C'est gentil ça, Ninny !

- J'ai juste fait qu'y apporter ! C'est mémé qu'y a fait... Mais c'est pas que pour vous, hein ! Je mange avec vous, moi.

Sous les deux tartes, elle avait aussi pensé à amener trois assiettes grossières en faïence et trois vieilles fourchettes en aluminium. Le pépé découpa soigneusement les deux galettes en six parts chacune et on commença à déguster en silence celle aux poireaux. C'était divin. Avant d'attaquer le dessert, le vieux me demanda :

- Alors, tu l'as suivi où, ton Joseph ?

J'hésitai :

- Devant la petite ?

Mathieu fit un grand geste du bras, signifiant qu'elle en avait entendu d'autres. La gamine, elle, ne comprenait rien. J'enchaînai :

- Oh, on n'est pas allés bien loin. On a redescendu la rue, nos vélos à la main, jusque sur le boulevard Voltaire. Là, on est entrés sous un porche, on a laissé les bécanes et on est montés à pied jusqu'au septième étage. C'était le dernier, sous les combles. Une jeune femme nous a ouvert, laissant voir une chambre de bonne seulement agrémentée d'un petit lavabo. Joseph l'a embrassée, m'a présenté rapidement, et est allé s'asseoir sur le lit. Gisèle, puisque c'est comme ça qu'il l'a appelée, a sorti trois verres et nous a servi une espèce d'alcool au goût indéfinissable. Sans parler, elle a interrogé Joseph du regard, et mon compagnon lui a raconté tout son périple depuis son parachutage en Creuse. À mesure qu'il arrivait sur la fin, la jeune femme pâlissait. Et quand il finit par raconter l'exécution de l'homme quelques instants avant, elle se laissa tomber sur le lit avec un « Eh ben ça alors ! » répété au moins trois fois. Après un silence, elle ajouta :

« - Qu'est-ce-que tu veux que je fasse pour vous ?

« Joseph lui répondit :

« - Pas grand-chose. Au moins nous cacher jusqu'à demain soir... Ah si : il faudrait aussi que tu ailles chez Armand avec le gamin... Il lui faut des papiers... C'est quoi ton nom, Jules ?

« C'est là que je suis devenu Jules Belmont, comme je vous l'ai raconté hier soir. Armand, c'était un vieil imprimeur à la retraite, qui travaillait pour la résistance. Entre tracts, faux papiers et affiches, c'était un as dans sa partie. Il avait aménagé sa cave en atelier d'imprimerie, sous sa maison à Saint-Cloud. Gisèle m'y conduisit le jour même. Pour la première fois de ma vie, j'ai pris le métro. Selon les recommandations de Joseph, si Armand respecta mon lieu de naissance, il en modifia la date, me vieillissant de quatre ans. C'est qu'à presque quatorze ans, je mesurais déjà mon mètre soixante-quinze, et les travaux avec mon père m'avaient taillé une belle musculature... Bon, on la mange, cette tarte ?

Chapitre V

- Tu vas pas faire ça ?

Le gros Michel avait posé cette question, essoufflé de suivre Pierrot à travers bois d'un pas saccadé, tant l'autre avait l'air pressé. La réponse qu'il connaissait déjà ne tarda pas à arriver :

- J'vas m'gêner ! Il a ben failli m'tuer, lui ! J'vas m'venger, c'est tout...

- Y'a p't'être d'autres moyens, non ? Tu pourrais juste le mitrailler avec des glands... T'as vu les caillasses que t'as pris ? Dans ton « pigot », c'est aussi mortel qu'une balle de carabine !

Le gamin s'était équipé d'un solide lance-pierres, appelé « pigot » dans le Berry. Il était de fabrication maison, et d'une efficacité redoutable : il l'avait déjà testé sur des rats. De plus, il s'était empli les poches de cailloux bien acérés, bien coupants, et comptait s'en servir pour faire mal.

- J'vas pas viser la tête, t'inquiète pas... Juste dans le bide : ça lui f'ra assez mal !

- Déjà, faudrait qu'on le trouve ! Ralentis un peu, j'en peux pu, moi !

- La Ninny a dit qu'y faisait du bois avec le vieux Mathieu... J'chais où qu'a l'est, sa coupe ! Pis j't'a pas obligé à v'nir !

À un moment, ils entendirent des bruits de scie. Ils ralentirent, courbèrent le dos comme par réflexe, et Pierrot mit son doigt en travers de sa bouche pour imposer le silence à Michel, qui ne put s'empêcher de murmurer:

- Hé, y'a la Ninny... On s'tire!

Pierrot le retint par la manche:

- On s'en fout, d'la Ninny! Regarde, il est torse nu, l'autre, en plus! J'vas y'en envoyer une bien pointue dans les côtes, et pis après on court!

Il cala une belle pierre aux arêtes saillantes au creux de la poche de cuir, ferma un œil, tendit les élastiques à la limite de la rupture, et libéra le projectile.

Une douleur fulgurante me traversa le crâne. Je lâchai la « zigzag » et m'écroulai dessus... Je n'eus que le temps de voir Annie foncer à travers bois en criant.

Les deux gamins cavalaient maintenant, sans s'occuper des ronces qui griffaient leur corps. Derrière eux, ils pouvaient entendre la petite Annie leur crier: « Assassins, j'vous aurai! J'y dirai à ton père, Pierrot! » Michel, le souffle court, essayait de comprendre:

- Tu y as poté la tête! T'as fait exprès, hein?

- Non... Mon bras qu'a dû l'ver quand qu'j'ai lâché... Pis on s'en fout: cours, gros!

- Si tu l'as tué?

- Penses-tu! Cours, j'te dis!

Annie s'arrêta. Tandis qu'elle les poursuivait, elle avait réfléchi. Il valait mieux les laisser partir et aller aux gendarmes. Elle rebroussa chemin, regrettant son accès de colère, pensant enfin à mon état de santé.

- Ah! T'as l'air malin! Si on était rentrés chez toi comme prévu, rien de tout ça ne serait arrivé!

- C'est bon, Joseph, tu deviens pénible... Dis-moi plutôt où on est, là?

- Dans un bon lit douillet avec de beaux draps blancs! C'est que tu leur as fait peur, dis donc.

- Y'a longtemps que je suis là? Que s'est-il passé, au juste?

- Tu ne te souviens pas ? Le gamin qui t'a tiré comme un lapin avec son lance-pierres ? En pleine tempe !... Ta chute sur la scie, quatorze agrafes qu'il t'a posées, le docteur. Il t'a fait deux piqûres, aussi. Dont une inutile, pour le tétanos. Mais il ne pouvait pas savoir...

- C'était quand, ça ?

- Hier en fin d'après-midi !

- Hein ? Et je fais quoi, là ?

- Tu dors, tiens ! T'es dans les vapes, mon gars... Mais ne t'inquiète pas, tu vas bien te réveiller. Au moins pour rassurer les trois femmes qui veillent sur toi !

- Et le vieux ?

- Lui aussi attend que tu te réveilles... pour savoir ce que tu veux faire, pour le gamin. Ninny lui a tout raconté, à son oncle. Maintenant, il attend ta décision. Porter plainte, mettre une rouste au môme, aller voir son père...

- On ne fera rien de tout ça ! Je ferai comme j'avais prévu avant. J'irai le voir et m'excuser, tout en lui expliquant les choses qui ne se font pas. Sans violence... C'est fini tout ça ! Après, je pense qu'on partira... On ne peut pas rester là où on a des ennemis, si petits soient-ils ! C'est la paix que je recherche.

- On va enfin rentrer, alors ?

- Non ! T'as pas compris. Quand je dis la paix, c'est vraiment la paix ! Comment veux-tu que je sois en paix face à une mère à qui je n'ai rien à dire ? Ou plutôt si : à qui je vais cracher sa vérité en face ! Sa lâcheté, son amour incompressible de l'argent, même mal gagné... Et au prix fort !

- Ouais... On va encore jouer aux clochards, quoi !

- Allez, Joseph, lâche-moi... Laisse-moi dormir tranquille !

- Ah non ! Il faut ouvrir les yeux, maintenant ! T'as assez dormi, là.

L'injonction était si forte que je les ouvris, les yeux... pour les refermer aussitôt. Le soleil qui pénétrait dans la pièce était si aveuglant que je ne pus faire autrement. Doucement, je retentai l'expérience. Marguerite s'était penchée sur moi, Germaine était debout au pied du lit, Annie assise sur une chaise vers la fenêtre. La première question qui me vint à l'esprit fut d'une banalité confondante :

- Où suis-je ?

Marguerite, avec un sourire bienveillant :

- Dans la chambre de mon fils. Vous nous avez fait une de ces peurs !

Comment vous sentez-vous ?

- J'ai très mal à la tête… et l'épaule qui tiraille. Que m'est-il arrivé ?

Annie intervint :

- C'est l'aut'idiot de Pierrot qui vous a tiré au « pigot » ! Et pis vous êtes tombé sur la scie… Tonton y vous a ramassé su' la r'morque et on vous a ramené à la maison. Après, j'ai pris mon vélo, et j'ai été chercher l'docteur !

Je ne comprenais pas grand-chose. Joseph m'avait bien parlé d'une attaque au lance-pierres, il me semble. Mais c'était si vague…

- C'était quand, ça ?

Marguerite reprit la parole :

- Hier en fin d'après-midi…

- Et Mathieu m'a transporté comme ça, inconscient avec une plaie au crâne ? J'aurais pu y rester ! Vous n'avez pas de pompiers, à La Guerche ?

- Il a cru bien faire… Il vous a cru juste évanoui. Le toubib lui a fait la même réflexion quand il est arrivé. D'ailleurs, il va passer prendre de vos nouvelles dans la journée… C'est qu'on n'a pas le téléphone, ici.

J'étais gêné, maintenant. De quel droit critiquais-je ceux qui m'avaient secouru ?

- Désolé… Merci ! Elle est belle, cette chambre…

Puis je me rendis compte que j'étais dans un caleçon qui n'était pas le mien. Je rougis un peu. Marguerite, comprenant ma gêne, devança ma question :

- Ne vous inquiétez pas : c'est moi qui vous ai lavé, changé et couché, après que le médecin vous a recousu sur la table de la cuisine. Je suis peut-être une vieille femme, mais je suis encore vigoureuse… La chambre, c'est la première fois que quelqu'un dort dedans depuis que mon fils... n'est pas revenu !

Elle avait dit ça en baissant les yeux. Elle ajouta :

- Désolé de vous avoir logé dans la grange, avant. Mais on fait ça avec tous les journaliers : on ne sait pas toujours sur qui on va tomber.

- Je comprends...

- Allez, reposez-vous à présent... On va vous laisser.

Annie répliqua :

- Non, moi j'reste !

Tandis que Germaine était déjà à la porte, Marguerite ordonna :

- Il faut qu'il se repose, Ninny ! Allez, viens !

Je la coupai :

- Laissez, Marguerite. Elle ne me dérange pas, la petite.

J'avais autorisé la gamine à rester uniquement pour échapper aux sarcasmes de Joseph. Je me sentais vraiment trop fatigué pour objecter quoi que ce soit à ses remarques. Annie, pour entamer la conversation, me demanda d'abord :

- Vous avez beaucoup mal, Jules ?

- À la tête, oui. L'épaule me tire un peu, seulement : ça doit être les agrafes.

- Ah ! Ben alors, tant mieux. Euh ! Si ça vous fait pas trop mal, j'veux dire.

Je sentais insidieusement qu'elle cherchait à me demander autre chose. Elle regardait par la fenêtre, semblant chercher ses mots.

- Tu veux me demander quelque chose, Ninny ? Si c'est pour tes copains, ne t'inquiète pas, on règlera le problème en interne...

- Eux autres, j'm'en fous ! J'veux pu les voir, ceux deux berlaudiots !... Non, c'est pas ça...

- Qu'est-ce-que c'est, alors ?

Elle changea de chaise et vint s'asseoir près de mon lit. Elle baissa la voix, comme pour me vendre un secret :

- C'est qui, Joseph ?

- Ah ! C'est donc ça. Eh bien joseph, c'est un peu mon âme pensante, mon mentor…

- Menteur ? C'est un menteur, Joseph ?

- Non : mentor, avec un « o ». Mon maître à penser, si tu veux !

- Mais il est où ?

- Il n'est plus… C'était mon compagnon d'armes, de vie aussi.

- Il est mort, alors ? Et il vous cause ? Et pis vous y causez aussi ?

- On se parle, oui. Par âme interposée…

- Et vous le voyez, aussi ?

- Quelquefois, oui… Pas toujours !

- Vous êtes une sorte de sorcier, alors ! Ou c'est lui qu'est un ange… Dites, si vous voyez les morts, vous pouvez p't'être voir mon papa ?

- Je ne vois pas les morts : je ne vois que Joseph… Et ton papa, il n'est peut-être pas mort.

- Dommage ! J'voudrais ben savoir où qu'il est, mon p'pa ! C'est sûr que vous pouvez pas l'voir : vous l'connaissez pas… R'marquez, moi non pu, je l'connais pas. Enfin, j'm'en rappelle pas. Mais j'vas vous faire voir : j'l'ai dessiné plein d'fois !

Elle sortit précipitamment de la chambre sans même refermer la porte pour revenir chargée de plusieurs cahiers grand format. Elle me tendit le premier. C'était un simple cahier d'écolier à grands carreaux. Les pages avaient commencé à jaunir. Sur les premières, le portrait en buste d'un jeune couple de mariés, reproduit plusieurs fois, avec, au fil des pages, un réalisme de plus en plus surprenant. Annie commenta :

- C'est mes parents… La photo, elle est sur la table de nuit de mémé.

Je hochai la tête et continuai de feuilleter. Elle avait ensuite dissocié les deux personnages pour en faire des portraits uniques, plusieurs fois encore. Toujours au crayon noir. Je finis par demander :

- Il y a longtemps que tu as dessiné ça ?

- J'chais pu. J'devais avoir sept ou huit ans, là.

- Et tu as quel âge, aujourd'hui ?

- Douze ans et demi ! Treize en septembre.

Je continuai à tourner les pages. Encore son père, en pied cette fois. Puis sa mère. Des portraits de Marguerite, aussi, et de Mathieu, encore au crayon. Arrivé à la fin du cahier, je le lui rendis et elle me donna le suivant.

- Il a raison, ton maître d'école. Tu as du talent, Ninny !

- Et encore t'as pas tout vu ! Regarde la suite.

Le tutoiement était venu naturellement. Je fis comme si je n'avais pas remarqué et ouvris le deuxième cahier. Les premières pages représentaient la ferme sous toutes ses coutures, toujours au crayon. Plus loin, des chevaux, des vaches, un coq entouré de poules. J'étais sidéré par tant de beauté. Vers le milieu, toujours la ferme, un peu vue de la même façon, mais aux crayons de couleur. Superbe ! Je ne pus que dire :

- Tu maîtrises aussi bien la couleur que le noir... C'est magnifique !

Elle piqua un fard :

- Tiens, je fais ça, à présent...

Elle m'avait ôté le cahier des mains pour m'en donner un tout neuf. Cette fois, c'était un vrai cahier à dessins aux belles feuilles blanches. Sur les premières pages, un château sorti tout droit des contes de fées, féodal revisité Renaissance flamboyante.

- Tu as de l'imagination, en plus, dis donc !

- Eh, il existe, le château ! Bon, il est peut-être pu aussi beau, mais quand qu'il était neuf, y d'vait être comme ça ! J'te fera voir un jour, quand qu'on s'connaîtra mieux. C'est un secret ça aussi...

Je souris. Les secrets des gosses sont souvent dans leur tête. Ce devait être une vieille bicoque qu'elle avait enjolivée. En continuant mon étude admirative, je tombai encore sur son château, mais à l'aquarelle, maintenant. Décidément, la petite avait le don de surprendre. Comment une telle maîtrise pouvait-elle exister sans en avoir appris les rudiments ? Je m'extasiai :

- Que c'est beau ! Qu'est-ce que tu es douée !

- Oh, c'est que d'la peinture à l'eau ! J'aimerais ben essayer la peinture épaisse, qui fait du relief, comme celle du fantôme. Mais j'chais pas où qu'c'est qu'y la prend.

- Encore avec ton fantôme ? Ninny, ça n'existe pas, les fantômes !

- Eh ben le mien, si ! J't'y montrerai, un jour. Mais là t'es pas encore prêt, tu vois ben, pisque tu me crois pas !

Je ne répondis pas. Ne pas la braquer, surtout. Je finirais bien par comprendre. Je continuai à feuilleter l'ouvrage. Je n'étais pas au bout de mes étonnements.

- Ne me dis pas que la belle voiture rouge, tu l'as prise en modèle à La Guerche ?

- Ben non ! D'abord, j'chais pas si elle était rouge : elle est toute cramée, la bagnole, là-bas, vers mon château. Avant, elle devait être belle comme ça !

- Tu parles : une Bugatti Grand Sport !

Chapitre VI

Quand je m'éveillai le matin suivant, un soleil radieux illuminait encore la chambre. Pourtant, il ne devait pas être bien tard. Je me sentais beaucoup mieux que la veille. Mon mal de tête avait disparu, et la douleur lancinante à l'épaule avait fait place à une simple gêne due aux agrafes. Je regardai ma montre, mais elle était arrêtée sur deux heures. Personne n'avait pensé à la remonter. Je m'assis sur le lit, posai les pieds par terre, et me levai. Bon équilibre. Il faut dire que le médecin qui était passé la veille au soir m'avait rassuré. Après m'avoir examiné et administré de l'aspirine (« Pour la douleur », avait-il commenté), il était reparti le sourire aux lèvres, me qualifiant devant Marguerite de solide gaillard. Ensuite, ce fut Germaine qui m'apporta une soupe et un gros morceau de fromage sur un plateau. Elle avait rougi en le posant sur mes genoux, m'avait demandé en bégayant si j'allais y arriver tout seul. Je l'avais libérée en lui affirmant que j'allais me débrouiller. Puis Mathieu vint aux nouvelles, rassuré de me trouver « si bonne mine ». Il aborda le sujet de mon agresseur. Je lui dis que je préfèrerais qu'on règle l'affaire en douceur, avec des mots. Il en convint et sortit en me souhaitant une bonne nuit. Bien sûr, ce fut le moment que choisit Joseph pour venir mettre son grain de sel :

- Hé, je ne vois pas pourquoi tu veux partir. On est bien, ici. Toi qui cherchais une famille, celle-ci ferait très bien l'affaire !

- Non, Joseph. Il va bien falloir s'en aller. Je cherche avant tout la paix. Et déjà, on s'est fait des ennemis à peine arrivés...

- Tu parles ! Des gamins qui jouent à Robin des Bois ! Tu ne préfèrerais pas me donner la vraie raison ?... N'aurais-tu pas plutôt peur de t'attacher ?

- À qui ?

Semblant changer de conversation, il tenta néanmoins de m'arracher d'autres confidences :

- Elle dessine drôlement bien, la petite. Presque aussi bien que toi !

- Beaucoup mieux, tu veux dire ! Moi, je ne fais que reproduire ce que je vois avec un vieux crayon. Mais elle, on sent autre chose. Ses dessins ont une âme, ils secouent de l'intérieur. Certains m'ont donné des frissons !

- C'est bien ce que je pensais !

- Quoi ?

- C'est à cause d'elle que tu veux partir ! Décidément, en sentiment t'es moins intrépide qu'au combat !

- Tu dis n'importe quoi ! Elle n'a même pas treize ans, la gamine !

- Et alors ? Qui te parle d'âge, là ? Je te parle d'émotions, quelles qu'elles soient... Mais que ce soit amour, tendresse ou amitiés nouvelles, tu ne veux pas en entendre parler !

- Tu me fatigues, Joseph ! Allez, laisse-moi dormir !

Et je me suis endormi.

Ce matin, je me sentais en forme. Le problème, c'est que j'étais en caleçon long, et qu'aucun de mes vêtements n'était dans la chambre. Je sortis donc, traversai la salle commune : personne. J'ouvris la porte. Là, le père Mathieu me vit tandis qu'il préparait sa remorque pour repartir au bois :

- Veux-tu bien retourner au lit, gars ! Si les femmes apprennent que tu t'es l'vé, c'est moi que j'vas m'faire engueuler !

- Mais ça va, père Mathieu.

- Oué ! On dit ça, et pis on tombe... Soigne-toi, gamin ! C'est que moi, j'veux connaître la fin de l'histoire.

- Je voulais récupérer mon barda dans la grange. C'est tout !

- J'vas y aller, bouge pas !

Le vieux ressortit quelques instants après, chargé de mon sac kaki.

- Y pèse un âne mort, ton machin ! Qui que c'est-y qu'tu trimballes, là-d'dans ?

- Mes habits. Mes affaires de toilette. Et des souvenirs, surtout.

- J'te le monte dans la piaule. Allez, vins donc !

Je l'arrêtai d'un geste, ouvrit le barda et récupérai un paquet de Gauloises. Il me regarda faire, accepta la cigarette que je lui tendais, et actionna son vieux briquet à l'amadou. On fuma en silence, puis il m'ordonna de regagner la chambre avant que Marguerite ne revînt de la ville. Il m'expliqua que les femmes étaient parties conduire Annie à l'école et en avaient profité pour aller jusqu'à Nevers. Pour trouver des « fanfreluches », selon son expression, à la Germaine. Il ajouta qu'il y avait bal samedi à La Guerche, et qu'il faudrait bien la caser un jour, la Germaine. Étonné, je demandai :

- Pourquoi voulez-vous la caser, Germaine ?

- Eh ! C'est pas nous qu'on veut... C'est ben elle toute seule. A l'a vingt-cinq ans, la Germaine, c'est normal...

- Elle va partir, si elle trouve à se marier.

- Ben sûr ! Et alors ? La Germaine, c'est pas c'que tu crois : a l'est cheu nous d'puis qu'a l'a deux ans. C'est une gamine de l'assistance. Quand qu'on l'a récupérée, y nous ont dit, à Bourges, que c'était une enfant du péché... Tu parles d'une expression pour une belle ch'tiote comme a l'était. Pis quand a l'a eu l'âge de travailler, a l'a pas voulu s'en aller d'cheu nous. Alors on l'a gardée. A t'intéresse pas, toi, la Germaine ?

- Euh ! Ben non…

- Alors tu vois : faut ben qu'a l'aille au bal, pour en trouver un !

Le père Mathieu me laissa dans la chambre, me répétant encore de bien me reposer, qu'il y avait encore beaucoup de travail pour moi. En sortant, il me conseilla de ne fumer qu'à la fenêtre : « Sinon tu vas t'faire engueuler par les bonnes femmes ! » Qu'allais-je faire ? Partir maintenant, tandis que la voie était libre ? C'était sûrement ce qu'il y avait de mieux à faire !

- Tu n'y penses pas ? Prends le temps de te reposer, t'es à peine remis de tes blessures !

- Ta gueule, Joseph ! On s'en va, j'ai dit !

Je sortis un pantalon de treillis et une chemise de mon sac, chaussai mes Rangers, mis le barda sur mon épaule valide et sortis de la maison après avoir soigneusement refermé la porte.

- Alors ça y est ? On est encore repartis ?

- Tais-toi et marche !

- Où va-t-on, si ce n'est pas indiscret ?

- À la gare… On attrape le premier train. S'il va vers le nord, on descend à Vierzon. S'il va vers le sud, on verra bien où le vent nous porte !

- Pile ou face, quoi.

- Voilà ! On va laisser le destin décider.

Il y avait bien un quart d'heure que j'étais parti quand, au détour de la route, je vis apparaître Annie, le visage déconfit. Pas le temps de me cacher pour l'éviter :

- Qu'est-ce que tu fais là, Ninny ? Et l'école ?

Elle baissa la tête :

- M'ai sauvé ! C'est un peu d'ta faute…

- De ma faute ? Explique-moi.

- Ben voilà… J'ai mis une grande calotte au Pierrot ! Y disait qu'y t'attendait, toi et le tonton, quand que j'y ai dit qu'vous irez voir son père, pour le coup du pigot ! Et pis il a dit aussi que l'tonton, y f'rait mieux d's'occuper d'sa ferme qui tombe en ruine, que c'était son père qu'avait dit ça ! Alors là, j'y ai mis une calotte ! Il est tombé su'l'cul, et pis y s'est mis à chougner comme une fille. Avant que le gros Mich appelle le maître, j'm'ai sauvé !

- Ils vont pas être contents, Mathieu et Marguerite !

- Oh ! Ça f'ra qu'une fois d'pu !... Mais toi, où qu'tu vas, là ?

- Je m'en vais, tu vois. Il vaut mieux pour tout le monde. Je suis une source de problèmes... Sans moi, tu ne te serais pas battue, par exemple.

- Ah non ! C'est trop facile ! Qui qu'c'est que j'vas d'venir moi ? J'croyais qu'on était copains, non ?

- Si, mais il n'empêche : il faut que je parte !

- Alors, j'vas avec toi ! J'te suis partout ! Comme ça, quand qu'y m'verront pu, y z'enverront les gendarmes, et pis j'dirai que tu m'as obligé à t'suivre, et pis t'iras en prison ! On n'enlève pas les p'tites filles !

J'avais repris la marche, la gamine sur mes talons. Bien sûr, Joseph intervint :

- Tu vois que c'est à cause d'elle que tu pars... Ne me dis pas que tu ne penses pas à rebrousser chemin, là ?

- Ta gueule, Joseph !

- Ah ? Il est là, celui-là ? demanda la petite.

- Oui... et il prend ta défense !

- Ah ben tant mieux ! Et on va où, comme ça ?

- À la gare. Tu arrêteras bien de me suivre : tu n'as pas d'argent pour un billet.

- M'en fous ! J'montera sans billet !... Dis, Jules, si j'te fais voir mon château, pis la belle auto, tu restes encore un peu ?

Je m'arrêtai, la regardai. Joseph sauta sur l'occasion :

- Accepte ! Tu pourras vérifier s'il existe vraiment, son château, puisque tu ne la croyais qu'à moitié. Moi je veux bien le voir s'il est aussi féerique que sur ses dessins.

Annie attendait ma réponse, pensant que je pesais le pour et le contre. Je ne répliquai rien à Joseph. Je ne voulais pas qu'elle croie que ma décision dépendait de lui.

- Bon, mais juste un peu... Après, quand tu m'auras montré tes merveilles, j'aviserai.

Ravie, excitée, la petite me sauta au cou. Je douchai son enthousiasme :

- Attention, mes agrafes ! Et j'ai dit un peu, pour l'instant.

Son sourire ne disparut pas pour autant. Malgré sa joie, elle prouva qu'elle gardait les pieds sur terre :

- Bon, mais d'abord, faut qu'tu ramènes ton sac à la maison, sinon les deux autres, a vont s'demander ! Allez, on y va !

Après être repassés par la ferme, nous traversions un pré, suivis de loin par quelques moutons. La gamine précisa :

- Désolée de t'faire passer par là. On peut y aller par l'étang où qu'c'est qu't'étais l'aut'jour, mais j'veux arriver par l'aut'côté. Pas qu'y m'voye, aujourd'hui, le fantôme.

Au bout du pré, il fallait traverser la bouchure par un petit passage aménagé qui donnait dans un bois.

- Attention de pas te griffer: le trou il est fait pour moi... Toi, t'es pu gros !

Je m'arc-boutai tant bien que mal, me protégeant surtout le visage. Quelques ronces m'éraflèrent les bras. Rien de grave.

- Que me racontes-tu avec ton fantôme ? Les fantômes, ça n'existe pas, je t'ai déjà dit.

- Eh, j'chais ben, j'chus pas neuneu. C'est que moi, j'l'appelle comme ça. Quand qu'tu l'verras, tu comprendras.

On continuait à progresser à travers bois, hors des chemins tracés. Un simple petit passage prouvait qu'Annie avait déjà emprunté cet itinéraire.

- Parce qu'on va le voir, là, ton... fantôme ?

- J'espère pas... Enfin, pas aujourd'hui ! Faut d'abord que j'y demande si j'peux t'emmener.

- Mais tu le connais ?

- Ben évidemment ! Y'a longtemps, même. Depuis que j'chus toute p'tite !

- C'est encore loin ton truc ?

Il y avait maintenant plus d'une demi-heure qu'on traçait dans cette forêt.

- Non : on va bientôt voir la grande tour.

Effectivement, entre les arbres, on apercevait l'ombre d'une immense bâtisse dominée par une tour façon donjon médiéval, revisitée dans un style gothique flamboyant. À mesure qu'on approchait, je me rendis compte qu'en fait, il ne restait que des ruines, le tout semblant avoir brûlé depuis longtemps déjà. La gamine mit un doigt devant sa bouche, stoppant la question qui me montait aux lèvres. Elle dit à voix basse :

- Fais pas de bruit, hein ? Alors, il est pas beau ?

Je chuchotai :

- Si... mais il est en ruine ! Personne ne peut vivre là-dedans !

- T'as pas tout vu : viens !

Nous contournâmes le bâtiment. Une ouverture sur une grande cour en friches entre deux énormes piliers laissait voir une partie qui semblait avoir été épargnée par le feu. Au milieu de la cour, la Bugatti Grand Sport était réduite à l'état d'épave. Entièrement calcinée, ne restait plus de son lustre d'antan que les belles roues à fils. Cette belle demeure avait dû connaître ses heures de gloire, mais était aujourd'hui réduite à l'abandon.

- Comment savais-tu qu'elle était rouge, la voiture ?

- C'est lui que m'l'a dit, tiens !

- Et à qui appartient-il, ce château ? On est toujours sur les terres à Mathieu, là ?

- Ah non ! C'est cheu l'fantôme, là ! C'est à lui. Avant, c'était à Édith. La belle Édith ! Mais j'ai pas l'droit de t'en causer. Y t'y dira lui-même, si y veut ! Et pis tonton Mathieu y t'en causera sûrement aussi, un jour. Allez viens, on s'en va !

Chapitre VII

On ne peut pas dire que notre retour passa inaperçu. Marguerite, sur le pas de la porte, s'adressa d'abord à moi :

- Vous n'êtes pas raisonnable, Jules, le docteur a dit repos complet !

Prenant un air penaud, je plaidai :

- Un peu d'air ne peut me faire que du bien… Et j'étais juste sorti fumer, histoire de ne pas troubler la bonne odeur de lavande de la chambre.

- Bon. Vous êtes gentil !

Puis, s'adressant à la mouflette :

- Et toi ? T'es pas à l'école ?

Annie se décida de tout raconter à sa grand-mère, absolument tout, afin de prévenir d'éventuelles sanctions. Marguerite s'emporta un peu :

- C'est pas une raison pour partir comme une voleuse ! Tu lui donnes raison, au Pierrot, en te sauvant. Et arrête un peu de te bagarrer ! C'est pas la première fois cette année. Quant au Pierrot et son imbécile de père, Mathieu règlera ça. Ce sont des affaires d'adultes… D'où venez-vous, comme ça, vous deux ?

Avant que je puisse dire quoi que ce soit, la petite débita :

- On a été jusqu'à l'étang. J'y ai fait voir la source, à Jules.

La mine circonspecte, la vieille dame demanda :

- Pas plus loin ? Tu es sûre ?

- Si j't'y dis !

- Bon… Tu sais que ton oncle n'aime pas trop que tu ailles… plus loin !

- Oué.

Je remontai dans la chambre, m'allongeai sur le lit. Joseph, qui ne s'était pas encore manifesté, dit :

- On a bien fait de rester ! Maintenant, il faut qu'on en sache plus ! Qui occupe cette ruine, et pourquoi ?

- Pour une fois, je suis d'accord avec toi. Mais ce n'est pas non plus vital. Une simple curiosité. Notre vie n'en dépend pas. On verra bien comment les choses tournent.

- Ouais… En tout cas, je sais que t'as envie de rester. Sinon tu ne l'aurais pas couverte, la gamine, tout à l'heure !

- Sûrement !… Je ne sais plus. Allez, laisse-moi me reposer un peu.

Je m'endormis jusqu'à ce que Germaine vînt toquer à ma porte à l'heure de la soupe. Le dîner ne fut pas des plus sereins. Le père Mathieu, très remonté contre la petite Annie, lui fit savoir qu'elle retournerait à l'école dès le lendemain avec un mot d'excuse qu'il se chargerait de rédiger. Il lui promit aussi de graves représailles si elle s'avisait de refaire le « coup de poing » dans la cour de récréation ou ailleurs. Mais ce qui semblait l'avoir vraiment mis en rogne, c'était les rumeurs sur l'état de sa ferme, et aussi les supputations quant à qui je pouvais bien être et les moqueries concernant ma petite mésaventure. Pour résumer la situation, il dit simplement :

- On est dans un p'tit pays, les cancans ça s'répand pu vite que l'fumier dans un champ !… On va y arrêter, et vite ! Guiguite, demain matin, tu m'laisses l'auto !

Marguerite répondit :

- Ah non ! Demain, c'est mardi, je vais faire le marché. Je ne vais pas laisser perdre mon beurre et mes fromages pour des enfantillages ! Tu l'auras demain après-midi, la voiture.

En guise de voiture, ils ne possédaient qu'une vieille camionnette « Citron » qui commençait à dater sérieusement. Renfrogné, le vieux ajouta :

- C'est pas des gamineries ! C'est de notre honneur qu'il s'agit... C'est la jalousie qu'les fait causer. J'cheus p't'être tout seul pour y faire marcher, mais c'est toujours moi qu'a la pu grande ferme du pays. Et pis on m'a jamais marché su'les sabiots, t'entends ? On ira d'main après cinq heures. J'chais ben où l'trouver, l'Maxime, après l'boulot : suffit d'faire les bistrots... Jules, tu vinras avec moi !

Le ton était indiscutable, si bien que je ne répondis pas, en signe d'acquiescement.

Après une cigarette fumée en silence sur le pas de la porte, je montai directement me coucher. Joseph, avant que le sommeil ne me gagne, dit d'un air dépité :

- Je ne sais pas pourquoi, mais je sens qu'on va encore repartir !

Comme je n'en savais rien moi-même, je me tournai sur le côté et m'endormis sans répondre.

Le lendemain, la journée me parut longue. Je la passai la plupart du temps à l'appui de la fenêtre, grillant moult cigarettes. J'étais moins serein que je ne l'aurais cru. J'avais l'impression que j'allais rompre ma promesse de ne plus jamais aller au-devant des ennuis. Mathieu revint du bois aux alentours de quatre heures, alla au puits, tira un seau et après avoir retiré sa chemise, fit une toilette sommaire. Il entra ensuite dans la maison, et m'appela vigoureusement un quart d'heure après. Une fois installés dans la vieille auto, il me rassura :

- Sois tranquille, Jules, on y va juste pour s'expliquer. Avec des mots, c'est tout. On met les choses au point et on r'vient. Jusque-là, y m'ont toujours écouté, à La Guerche. Jamais eu besoin d'aller pu loin. Juste d'élever un peu la voix, des fois.

Des bistrots, ce n'était pas ce qui manquait à La Guerche. Après nous être garés sur la place de la Poste, on entra d'abord au Lion d'Or. Mathieu m'avait dit avant :

- Je descends pas souvent, mais j'chais ben les bistrots où qu'y va, l'Maxime… Ou plutôt ceux où qu'y va pu !

Nous fûmes accueillis assez chaleureusement, même si les occupants des deux tables devant le comptoir me regardaient curieusement. À la troisième, je surpris aussi trois vieux en train de chuchoter. Pas besoin du journal : les nouvelles allaient vite dans le pays. Le patron, un gros bonhomme jovial à lunettes, posa deux verres ballon sur le bar en disant :

- Oh, Mathieu ! Y'avait longtemps. On te voit pu beaucoup, ces temps !… Deux p'tits blancs ?

Les verres étaient déjà pleins avant qu'on eût pu répondre. Mathieu se retourna, scruta la salle dans son ensemble, et demanda sans ambages :

- T'aurais pas vu c'faignant d'Maxime, des fois ?

- Pas depuis midi, non. Les gars devaient curer les fossés sur la route de Sancoins, c'tantôt… Si ça se trouve, y sont restés boire des canons par là-bas.

- Merci Pierre…

On avala nos verres et on s'en alla sans avoir oublié de saluer tout le monde à la cantonade. On reprit la voiture pour s'arrêter juste après le pont de chemin de fer.

Le bistrot s'appelait « Le Berry ». C'était aussi un hôtel-restaurant. Même accueil surpris du patron, mêmes verres de petit blanc, même réponse quant à la présence des cantonniers. Avec une précision, cependant :

- J'ai vu l'camion vers les Ateliers, quand qu'c'est que j'cheus passé, d't'à l'heure. Y doivent faire une belote chez la mère Châtaigner !

Mathieu remercia encore le patron, on salua encore les quelques clients présents, et encore on reprit l'auto. Le bistrot suivant dans lequel on pénétra était on ne peut plus insolite : pas de vrai comptoir, juste un genre de « banque » en vieux chêne derrière laquelle était assise une grosse femme au sourire avenant. Ici, on ne buvait qu'assis. Trois rangées de tables mises bout à bout étaient occupées par des joueurs de cartes et ceux qui les regardaient en commentant la partie. À notre entrée, tous se retournèrent et le beau brouhaha qui régnait dans la seconde précédente cessa comme par enchantement. Seule la dame dit :

- Eh ben ça ! Bonjour Mathieu, y'avait longtemps... Ça va-t-y ?

- Ben l'bonjour, m'âme Châtaigner... Oué, ça va ben. Y'a qu'à nous mettre deux p'tits blancs.

On prit place au bout d'une des tables, juste devant le comptoir. La vieille dame vint d'un pas lourd nous servir. La partie de belote continuait, mais les commentaires avaient cessé. Après avoir trempé les lèvres dans son verre, puis clapé de la langue, Mathieu sortit de son silence et dit bien fort :

- Il est ben bon... Dis, Maxime, j'pourrais t'causer cinq minutes, quand qu't'auras fini ton « mille » ?

L'homme interpelé blanchit un peu, mais répondit néanmoins :

- Si vous voulez, père Mathieu !

Les choses semblaient s'engager calmement quand un des spectateurs au visage peu avenant, puisqu'un bandeau cachait la perte d'un de ses yeux, intervint avec un langage approximatif sûrement dû à quelques petits verres de trop :

- Qu'est-ce qu'il vient nous... nous... fffaire chier, l'vieux, avec son sssoldat d'opérette ?

Le regard du vieux changea. Il tentait de se contrôler, mais répondit quand même :

- Ta gueule, Fernand ! T'es soûl, alors ta gueule !

- Et pourquoi que j'fermerais ma gueule ? T'es pas cheu toi, ici, môssieur ! T'peux pas m'virer comme t'as l'habitude !

- Ta gueule, j'te dis !... J'vas t'attendre dehors, Maxime, avant qu'ça s'aggrave...

On vida nos verres, on se leva, et comme on se dirigeait vers la porte, Fernand se leva aussi, nous barrant le passage. La dame derrière son comptoir, sentant venir l'esclandre, cria :

- Neuneuil, dehors ! Va cuver chez toi !

Trop tard. Fernand avait déjà posé le plat de sa main sur le poitrail de Mathieu en bégayant :

- Tu t'crois où, môssieur Delamare ? T'es pas dans ta cour, là, pour donner des ordres !

La partie de cartes s'était arrêtée. Tous regardaient les deux protagonistes sans rien dire. Mathieu insista :

- Ôte ta main d'là, soûlot ! Tu crois t'venger parce que j't'ai viré ? Allez...

Plutôt que d'obtempérer, Fernand poussa le vieux qui partit en arrière, s'entrava dans une chaise et tomba sur son séant. Essayant de profiter de son avantage, le borgne avança poings en avant. Un des joueurs de belote cria :

- Fais pas l'con, Neuneuil !

Moi, j'enjambai Mathieu et bloquai l'ivrogne d'une main ferme par le col de sa veste. Dans un réflexe conditionné, il laissa partir son bras qui m'atteignit au visage. Il n'aurait pas dû. Une de mes mains glissa jusqu'à son cou de poulet. Je ne sais pas ce qui se serait passé si Joseph ne m'avait crié :

- Lâche-le, Jules ! C'est qu'un pochtron !

Je relâchai la pression. L'autre mit ses deux mains autour de son cou, pour vérifier sans doute si l'air était revenu. Il dit, la voix éraillée :

- Ils ont p't'être ben raison, les gamins. C'est un fou, c'gars-là ! Un assassin r'cherché, si ça s'trouve...

La salle s'était levée comme un seul homme. Seule la voix forte et autoritaire du père Mathieu fit figer tout le monde :

- Ça suffit, à présent ! Jules, aide-moi.

Une fois debout, il ajouta :

- Rien ne serait arrivé si chacun s'était occupé d'ses affaires ! D'abord toi, Maxime : si ton gamin avait pas essayé de détrousser le Jules, à l'étang, il aurait pas pris un bourre-pif et serait pas v'nu nous dégommer au pigot ! Quant à ma ferme, t'occupe ! Tout va bien, rien n'est à l'abandon, contrairement à ce que tu racontes !

L'incriminé tenta de se justifier :

- C'est pour ça que tu laisses la moitié de tes champs en friches !

Mathieu prit le parti d'en rire :

- Pas en friche, idiot ! En jachère… T'as déjà entendu parler de ça, baziau ? Et pis c'est pas la moitié que je laisse. Juste un tiers, par roulement. Tu parles d'un drôle de paysan que tu f'rais, toi ! Alors à partir d'aujourd'hui, tu fermeras ta grande gueule. Si j'entends quoi que ce soit de désobligeant, je reviens te botter le cul !

L'absence de réponse et la tête basse de Maxime ressemblaient à un acquiescement.

Par contre, Fernand, maintenant assis sur une chaise, relança en se frottant le cou :

- Et pis lui ? On sait même pas d'où qu'y vient ?… T'embauches ben n'importe qui !

- Lui ? C'est pas comme toi ! Lui, c'est un gars sérieux et bosseur. Il arrive pas le matin au boulot le gosier déjà plein de vinasse ! Au fait, Neuneuil, arrête de raconter partout que j't'ai viré parce que j'aimais pas les handicapés ; c'est pas les handicapés qu'j'aime pas : c'est les bons à rin comme toi !

Fernand rit jaune, et trouva encore à argumenter comme tout type soûl quand il a une idée fixe :

- T'as même pas répondu à la question ! C'est qui, lui ? Un criminel en fuite ? Un échappé de Beauregard ? Ou juste un romano ?

Sans lui répondre directement, le vieux s'adressa à moi :

- Vas-y, Jules, présente-toi.

- D'abord bonjour tout le monde. Je m'appelle Jules Belmont. Capitaine Belmont, ancien officier du deuxième régiment parachutiste. J'ai mis fin à ma carrière militaire en décembre dernier, et depuis, je suis ouvrier agricole. Journalier, comme on dit par chez vous. Je suis originaire du nord du département. De Reuilly, exactement, si certains d'entre vous connaissent. Voilà, rien de bien mystérieux là-dedans.

Pour avoir le dernier mot, Neuneuil essaya une dernière plaisanterie qui tomba à plat, puisqu'elle ne fit rire personne :

- Pas ben malin pour un officier de s'faire shooter au pigot par un gamin d'douze ans !

Madame Châtaigner me regardait d'un air autant bienveillant qu'inquiet. Elle dit :

- Monsieur Jules, faudrait p't'être aller voir l'toubib : vot'chemise est pleine de sang !

Je n'avais rien senti. Une ou deux agrafes avaient dû sauter pendant l'échauffourée. Mathieu me prit par l'épaule et dit en guise d'au revoir :

- C'est bien compris pour tout l'monde ? On emmerde personne, alors que personne nous emmerde ! Salut la compagnie !

Chapitre VIII

Après nous être arrêtés chez le docteur qui, tout en bougonnant « Pour quelqu'un qui devait observer un repos complet !.. », me répara les deux agrafes ayant sautées, nous sommes rentrés à la ferme. Sans un mot. Nous étions attendus comme des soldats partis depuis des années en guerre : Marguerite sur le pas de la porte, Germaine adossée au mur avec Annie blottie contre elle. Elles se précipitèrent toutes trois sur la voiture, nous inondant de questions. Mathieu leva la main. La voix aussi :

- Oh, oh ! Tout va bien ! Laissez-moi causer, les donzelles !

Il narra notre petite escapade sans rien omettre, et conclut en disant :

- Ben voilà, c'est réglé, on n'en parle pu !

Marguerite n'avait pas l'air du même avis :

- Tu parles ! Ça va encore jaser dans les chaumières. Si ils s'étaient un peu calmés depuis quelque temps, ils vont repartir de plus belle !

Le vieux haussa ses larges épaules :

- J'm'en fous ! Y'a pu de vingt ans qu'ça jase, alors un peu d'pu, un peu d'moins... Faut juste que ça m'revienne pas aux oreilles !

Nous passâmes à table. Un lourd silence s'était installé. Gêné, ce fut Mathieu qui le rompit :

- Et toi, Ninny, t'as rin à m'dire ? Comment qu'ça s'est passé, ton r'tour à l'école ?

La petite, hésitante :

- Et ben j'ai été un peu punie ! J'dois écrire plein d'lignes ! Et pis y'a fallu que j'serre la main du Pierrot... Bon, c'est pas grave pisqu'après on a causé, et que j'y r'cause à présent.

Devant mon regard réprobateur, elle s'empressa d'ajouter :

- Moins qu'avant, hein ! C'est toujours une andouille. Mais j'y r'cause un p'tit peu, quoi. Y doit v'nir s'excuser vers toi, Jules ! Sinon, j'y caus'rai pu jamais !

Son oncle intervint :

- Oué, ben y s'excusera ailleurs que cheu nous autres ! J'veux pu l'voir traîner sur mes terres, çui-là !

Et moi d'ajouter :

- C'est pas grave, Ninny. On aura bien l'occasion de le recroiser.

Ce soir-là, avant de m'endormir, Joseph se contenta de me dire :

- Nous voilà bien installés cette fois ! On n'est pas près de partir, et je suis bien content pour toi !

Il n'attendit pas de réponse puisque je dormais déjà.

Le reste de ma convalescence se déroula sans autre incident. La semaine suivante, le docteur vint retirer les agrafes en recommandant au moins quinze jours de repos supplémentaires. Chaque soir, Annie me faisait découvrir la propriété de fond en comble sous divers prétextes : cueillette de champignons, pêche, pose de collets - ne pas le dire à tonton ! - ou simple promenade. Le domaine était vraiment immense. Bizarrement, elle ne me ramena pas au château, évita même de m'en reparler. De mon côté, je n'abordai pas le sujet non plus pour ne pas brusquer la gamine. Pourtant, cette ruine était sans doute la seule raison qui m'avait fait rester ici. Les jours où le temps ne le permettait pas, nous restions autour de la table de la cuisine à parler de ses dessins. Elle rêvait d'une grande carrière artistique, là-bas, à Paris :

- Y'a plein d'endroits, à Paris… Montmartre, les Quais, où on peut poser son chevalet !

- Comment tu connais tout ça, toi ?

- On m'en a causé, c'est tout.

- Qui ?

- J't'y dirai bientôt !

Je n'insistai pas. Un soir, je lui fis découvrir les miens, de dessins, dans un vieux cahier aux pages jaunies. Elle tournait les feuilles en silence, admirative certes, mais un peu gênée :

- C'est pas drôle, tes dessins… C'est noir, aussi ! Et tous ces cadavres !… Mais tu dessines mieux qu'moi ! Pourquoi que tu m'y as pas dit ?

- Moi aussi, quand j'étais petit, j'aurais aimé en faire mon métier… La guerre en a décidé autrement ! Tu sais, si ce que tu regardes n'es pas drôle, c'est parce que j'ai reproduit ce que j'ai vu, tout simplement. Si je ne te les ai pas montrés avant, c'était pour ne pas te choquer. Peut-être aussi pour ne pas raviver certaines de tes plaies.

- Oué. T'as eu raison, sûrement…

Elle continuait de feuilleter, arrivant aux quelques portraits qui figuraient en fin d'ouvrage :

- C'est qui, elle ?

- Ma mère… Enfin, c'est elle comme dans mon souvenir.

- Et elle ?

- Gisèle…

- Elle est belle ! C'est ton amoureuse ?

- Non. C'était celle de Joseph… Enfin, je crois.

- Joseph, c'est lui, là ?

- Oui, c'est lui !

- Il était beau, dis donc !

- Je ne saurais te dire. Peut-être ai-je un peu enjolivé les choses ?

Joseph intervint, prenant un air indigné :

- Dis donc, faut pas te gêner ! Bien sûr que je suis beau, et puis c'est tout !

J'esquissai un sourire, sans répondre, que la petite prit pour une joyeuse nostalgie.

- Il te manque beaucoup, ton copain ?

- Mais non, puisqu'il vient me voir tous les jours ! Tu sais bien.

Pas complètement convaincue, elle émit un simple « Oué ! », puis on rangea nos œuvres respectives. Il était l'heure de mettre la table et Germaine nous le fit savoir sans ménagement. Elle ne me faisait plus ses yeux de biche, Germaine. Ne rougissait plus quand elle me parlait. Apparemment, mon charme involontaire n'opérait plus sur elle. L'explication, je l'eus au retour d'une foire à Sancoins où j'avais accompagné Mathieu pour vendre quelques agneaux au champ de foire aux moutons.

- T'as vu le gars à côté d'nous d't'à l'heure à la foire ?

- Oui… Il en avait, du mouton, lui !

- C'est sûr… Y fait que ça, les moutons. C'est un gars d'La Chapelle.

- La Chapelle ? Quelle Chapelle ?

- La Chapelle-Hugon, tins !

Comme si c'était une évidence ! Des Chapelles, j'en connaissais au moins dix, en France. Déjà, plus au nord dans le département, La Chapelle-d'Angillon. La Chapelle-Saint-Ursin aussi, La Chapelle-Monlinard, et j'en passe. Évitant d'entrer dans une conversation géographique, je me contentai de sourire :

- Eh ben oui, suis-je bête !… Et ?

- Ben c'gars-là, c'est lui qu'a ramené la Germaine, l'aut'soir qu'a l'a été au bal. Dans son auto, qu'il l'a ramenée !

- Et alors ?

- Et alors, et alors ! T'es bouché ou quoi ? J'peux t'dire qu'a l'est pas descendue d'l'auto tout d'suite, si tu vois c'que j'voulons dire !

- Comment savez-vous ça, vous, père Mathieu ?

- J'arrivions pas à dormir ! Chaque fois qu'a l'est pas là, la Germaine, j'dors pas avant qu'a soye rentrée. Quand que j'ai écouté l'bruit d'la bagnole, j'me seus mis à la f'nêtre. Et pis j'ai attendu qu'a rentre, c'est tout !

- Ouais... Vous vous êtes rincé l'œil, quoi !

- Eh, pour qui que tu m'prends ?... Penses-tu, c'était tout éteint, dans l'auto ! Mais attends, le lendemain matin, a l'en a causé à la Guiguitte. A l'est mordue, la gamine. R'marque, ça s'rait pas mal comme parti. Et pis a s'rait pas dépaysée, la Germaine. C'est pas elle que va aller chercher un gars d'la ville !

- Bien sûr. Mais le plus important, c'est qu'ils soient bien ensemble, non ? D'où qu'il vienne, le gars.

- Oué... T'as raison.

Voilà pourquoi elle me regardait d'un œil différent, Germaine. Elle était amoureuse. Tant mieux !

Je profitai du reste de la semaine pour me reposer pleinement. J'allais reprendre le travail le lundi suivant. Il y avait deux jours que je n'avais fait qu'entrevoir Annie lors des repas. Sans doute avait-elle repris ses escapades avec ses copains ? Le dimanche après-midi, alors que je fumais tranquillement une cigarette assis sur la margelle du puits, elle arriva en courant et, reprenant son souffle, lâcha :

- Y veut ben que j't'emmène, Eugène !

Je ne comprenais rien :

- Eugène ? Qui c'est, Eugène ?

- Ben mon fantôme, tiens ! J'peux ben t'dire comment qui s'appelle à présent qu'tu vas l'voir ! Tu viens ?

Je lui emboitai le pas.

- Je croyais que tu étais retournée faire les quatre cents coups avec les deux autres, moi.

Elle se retourna, haussa ses maigres épaules :

- Penses-tu ! J'yeu cause pu qu'à l'école, à ceux deux-là !... On va passer par l'étang, c'te fois, ça ira pu vite.

En arrivant par ce côté, la grande demeure paraissait plus belle. Les quelques fenêtres qui l'ornaient possédaient encore leurs carreaux intacts et la pierre ne portait pas les stigmates du malheur qui avait dû la frapper quelques années plus tôt. On aurait dit que l'incendie avait été sélectif, épargnant le côté le moins clinquant du château. Une belle ouverture style Renaissance surmontée d'un écu gravé dans la pierre nous fit déboucher dans la cour intérieure où trônait l'épave de la Bugatti. Un sillon au milieu des herbes folles envahissant l'endroit témoignait d'un passage assez fréquent. On arriva devant une magnifique porte en bois sculptée sur laquelle le temps avait quand même exercé son œuvre. Un peu plus d'entretien l'aurait sans doute mieux préservée. Dès le seuil franchi, je restai cloué sur place. Un hall gigantesque d'une hauteur interminable était placardé de dizaines de toiles. Peut-être même de centaines ! Ce n'était pas le fait de se trouver dans une sorte de musée privé qui m'avait surpris. Ce musée, il était dédié à une seule et même personne. Plus qu'un musée, c'était un mausolée. Toutes les peintures représentaient la même femme, d'une beauté diaphane, d'une fragilité à fleur de toile. D'une blondeur presque blanche, ses traits d'une perfection irréelle encadraient un regard vert pénétrant. À cet instant, j'aurais pu imaginer qu'elle allait m'inviter à entrer plus avant tellement son image multipliée à l'infini était vivante. Devant mon trouble, Annie s'impatienta :

- Allez, entre !

Elle se dirigea vers un escalier à double révolution mais ne l'emprunta pas. Je la suivis. Elle passa sur le côté et là, je fus encore arrêté, tant ma stupéfaction fut grande. Je comprenais enfin la signification du mot fantôme. Un vieil homme tout de blanc vêtu était assis devant un chevalet, dans l'ombre. Ses cheveux blancs d'une longueur incroyable et sa barbe fine le faisaient ressembler au Christ si celui-ci avait vieilli, tel qu'on aurait pu le représenter sur les tableaux Renaissance. À notre approche, il leva sur nous un regard bienveillant. Ses yeux, d'un bleu presque blanc, avaient quelque chose qui mettait mal à l'aise. Je compris quand il nous invita à avancer d'une voix douce à l'accent slave prononcé : un de ses deux yeux était voilé d'une cataracte naissante. Cette dissymétrie dans le regard accentuait le mystérieux du personnage. J'étais comme envoûté. Un malaise était en train de s'installer, du moins pour moi. Annie mit fin au charme en disant gaiement :

- Et ben voilà ! C'est lui, Jules.

Le vieil homme se leva en me tendant une main décharnée, blanche, où saillaient des veines d'une incroyable transparence. Le geste était mal assuré, légèrement tremblant. Je m'empressai de la serrer délicatement et de la lâcher aussi prestement.

- Bonjour jeune homme. Alors c'est vous le mystérieux soldat ?

La douceur de sa voix contrastait avec son accent guttural. Il roulait fortement les « r ».

- Bonjour monsieur... Ancien soldat, oui, mais il n'y a aucun mystère là-dedans.

- Vous me conterez ça plus tard... Je m'appelle Eugène, la petite a dû vous le dire. Alors, il paraît que vous appréciez ses talents ? C'est pour ça que je l'ai autorisée à vous laisser venir. Aussi parce qu'elle m'a dit que vous dessiniez, vous aussi.

Embarrassé, je ne pus que répondre :

- Oh, à mon petit niveau, oui. Quand je vois la beauté de votre œuvre, je me sens minuscule.

- Mon œuvre... Ce que vous voyez là n'est qu'une petite partie. La part méconnue, puisque seuls Annie et vous la connaissez... Avant, j'avais une inspiration moins... exclusive ! J'en suis bien conscient.

La gamine, qui commençait à se sentir exclue de la conversation, dit avec enthousiasme :

- Oh oué, Eugène, raconte-nous avant !

- On dit « oui », Ninny, pas « oué ». Tu sais bien que si un jour tu montes à Paris, il te faudra perdre cet accent berrichon !

Jouant le jeu de l'offusquée, la petite répliqua :

- T'as vu l'tien, d'accent ?

Il esquissa un sourire :

- Moi, c'est différent...

Se tournant vers moi :

- Puisque la petite y tient, je vais vous l'expliquer, cet accent. Elle m'appelle Eugène, mais mon véritable nom est Evgueni Zelensko. Je suis arrivé à Paris en 1920. N'allez pas croire que je fuyais quoi que ce soit. Non, j'étais même plutôt d'accord avec les bolcheviks. Mais comment exercer mon art en ces périodes troubles ?... Et Paris était mon rêve. La ville lumière, là où tout se passait, artistiquement. Dès mon arrivée, muni d'un petit pécule, j'ai commencé par franciser mon nom pour avoir une signature artistique plus simple. Je suis donc devenu Eugène Sélène.

- Eugène Sélène? LE Eugène Sélène? Le portraitiste des vedettes?

- Oui, c'est bien moi... Vous êtes bien au courant, jeune homme?

- C'est un hasard. Chez une amie parisienne, il y a longtemps déjà, je suis tombé sur une vieille revue, *L'Illustration* peut-être, je ne sais plus, où on présentait plusieurs de vos portraits. J'avais adoré tous ceux que j'ai vus : Mistinguett, Raimu, Chevalier, Gabin... Pourtant, le papier était jauni, mais il en émanait une telle vie! L'article attenant disait aussi que vous aviez disparu, que personne ne savait ce que vous étiez devenu...

Sans répondre directement à ma question, les yeux dans le vague, il dit:

- Gabin, oui... C'est grâce à lui si j'ai pu faire mon trou. J'avais posé mon chevalet à Montmartre. Je proposais mes services. Portrait au fusain, ou si le client avait le temps, à l'aquarelle. Il s'est assis devant moi et a opté pour l'aquarelle. Il était tout jeune à cette époque mais commençait à avoir une jolie renommée dans le milieu du music-hall et du théâtre. Quand il vit le résultat, il fut si emballé qu'il me demanda si je pouvais réaliser la même chose sur toile. Il voulait une huile. Rendez-vous fut pris dans le modeste atelier que je louais. Ensuite, le bouche à oreille a fait le reste. Je suis devenu le portraitiste à la mode. Mais n'allez pas croire que les choses furent aussi simples. J'ai suscité bien des jalousies. Mon réalisme n'était pas dans l'air du temps, et le milieu artistique de l'époque, des cubistes aux surréalistes naissants, raillait la « simplicité » de mes toiles et ma facilité à gagner de l'argent.

- Mais comment avez-vous atterri ici ?

- C'est une autre histoire. Mais pour aujourd'hui, il serait temps que vous partiez, sinon Annie va encore se faire gronder !

Chapitre IX

Sur le chemin du retour, Joseph se manifesta en dansant devant moi :

- Là, je suis tranquille : on n'est pas près de partir. Tel que je te connais, tu vas vouloir les élucider, tous ces mystères. Tu te rends compte, Eugène Sélène perdu dans ce trou ? Tu ne le trouves pas un peu fêlé, le vieux ?

J'évitai de lui répondre pour ne pas donner l'éveil à Annie. Devant mon air rêveur, elle tourna autour de moi en sautant, elle aussi, et demanda :

- Alors, t'as vu, y ressemble vraiment à un fantôme, l'Eugène ?

- C'est vrai... On le dirait sorti d'une autre époque. Tu le connais depuis longtemps ?

- Oh là ! J'étais toute p'tite, la première fois qu'j'ai trouvé l'château ! Y m'a fait peur, c'te fois. Mais quand qu'y m'a causé avec sa voix douce, j'ai pu eu peur. C'est c'jour-là que j'y ai dit que j'croyais qu'il était un fantôme. Il a ri et m'a dit que j'm'étais pas beaucoup trompée. Y m'a dit qu'il en était un peu une sorte, de fantôme ! Y m'a dit aussi que j'pouvais r'venir quand que j'voulais, mais qu'y fallait l'dire à personne... Eh, moi j'savais pas qu'il était connu, l'Eugène. Y m'y a jamais dit.

- Il ne veut sans doute pas qu'on vienne le déranger... Si on m'avait dit que je découvrirais une célébrité d'avant-guerre ici ! Tu sais comment il est arrivé dans ce château ?

- Pfff... un peu. Tonton y sait mieux qu'moi, mais y veut pas m'en causer. Y dit qu'faut laisser les vieilles affaires où qu'a sont ! J'peux juste te dire que l'château, il était à m'âme Édith. Comme l'Eugène, c'était son mari, c'est lui qu'a l'château.

- Madame Édith ? C'est la belle dame sur les tableaux ? Mais peut-être n'était-elle pas aussi belle ? Il a dû l'idolâtrer un peu.

- Oh non ! Elle était comme sur les peintures. J'ai vu des photos, moi, et j'peux t'dire qu'a l'était vraiment comme ça !

- Et tu sais ce qu'elle est devenue ?

- Ben a l'est morte, tiens ! Dans l'feu qu'a l'est morte. Une nuit que la foudre a l'est tombée sur le château. Ils avaient pas mis d'machin su'le toit... Tu sais, l'truc qu'empêche la foudre, là ?

- Un paratonnerre... Et Eugène n'était pas là ?

- J'chais pas bien. J'crois qu'il était dehors. Y cherchait le chien que s'était sauvé. Enfin, c'est c'qui disent les gens du pays. Quand qu'j'ai voulu y demander à tonton, y m'a dit qu'c'étaient pas des histoires pour les enfants. Et pis à Eugène, j'ai jamais osé y demander. T'auras qu'à en causer, à tonton, y t'y dira p't'être, à toi ?

- J'essaierai. Il y a longtemps que c'est arrivé ?

- Houlà oué ! J'étais pas née... C'était avant la guerre ! J'chais pas ben quand, au juste. Faudrait aller voir au cimetière. A l'est enterrée avec ses parents dans l'espèce de grande tombe que s'ferme avec une porte en fer, là...

- Une chapelle ?

- Oué, c'est ça. Une chapelle. Une grande, hein ? C'est la pu grosse du cimetière ! J'irai avec toi, si tu veux.

Tout en discutant, nous étions arrivés dans la cour de la ferme. En nous voyant apparaître, Mathieu nous cria :

- Où qu'c'est t'y qu'vous avez ravassé, les deux ? C'est l'heure de la soupe, là !

La gamine mentit effrontément :

- On était à l'étang. Jules y voudrait ben pêcher, mais il a pas de gaule !

Le vieux, soupçonneux :

- Pas pu loin ?

- Ben non !

Si ce soir-là je peinai à m'endormir, Joseph n'y fut pas étranger. Les évènements de la journée l'avaient tellement excité qu'il m'inonda de questions sans me laisser le temps d'en placer une puisqu'il faisait aussi les réponses. D'après lui, il fallait absolument aller vérifier la date du décès de la dame au cimetière. Il voulait aussi que je me renseigne sur l'incendie dû à la foudre. Il lui paraissait impensable qu'un simple éclair ait pu faire flamber la moitié d'une telle bâtisse. Là, je l'arrêtai tout de suite :

- On se calme, Joseph ! Je te rappelle que ce drame a eu lieu il y a plus de quinze ans ! Vingt, peut-être. Et souviens-toi aussi que je ne suis plus qu'un simple ouvrier agricole. Alors oui, l'histoire m'intéresse, mais comme un simple curieux que je suis.

- Pfff... À quoi ça sert alors d'avoir été chef de la police militaire ?

- À rien. C'était avant. Je n'aspire plus qu'au calme, tu le sais bien. Allez, laisse-moi dormir !

- Ah ouais ? Et la belle dame ? Tu vas lui en parler au vieux, de la belle dame ?

- Sûrement, oui. Pour faire plaisir à Annie, puisqu'elle me l'a demandé...

- Ah, la gamine ! Tu t'y attaches, à cette môme, hein ? C'est un peu pour elle qu'on est restés, non ?

- Allez, lâche-moi, et arrête de dire des conneries ! On dort, maintenant !

Le lendemain matin, Mathieu avait prévu de remplacer toute la clôture d'un pré dont les piquets commençaient à pourrir. Il avait préparé à cet effet une série de pieux taillés dans quelques fûts de la dernière coupe. On commença par arracher tous les anciens piquets. Au moment de planter les nouveaux, il se plaignit :

- Vas-y toi, Jules, tape ! Moué, j'vas t'les tenir. C'est qu'j'ai un peu mal au dos, là.

Je profitai de l'occasion pour commencer à l'interroger, sans avoir l'air d'y toucher:

- C'est que vous ne vous faites plus tout jeune, Mathieu ! Ça vous fait combien ?

- J'cheus né en quatre-vingt-neuf: calcule, gars !

- Soixante-six ans, quand même !

- Oué ! Et ça a pas toujours été facile. Déjà, j'ai fait la première. Heureusement, j'cheus parti que fin dix-sept ! Bon, j'en seus rev'nu sans casse, mais ça marque, crois-moi !

- Je vous crois, je vous crois... Mais vous êtes un solide ! D'ailleurs, vous deviez plaire aux femmes, plus jeune. Vous ne vous êtes jamais marié ?

- J'aurais pu. J'aurais même ben voulu ! Mais j'étais sans doute pas assez bien... Allez, tape, bon Diou !

Pour cette fois, je n'en obtiendrais pas plus. Alors j'ai tapé. Lui, par contre, s'il laissait entrevoir quelques défaillances physiques, il me prouva que côté intellect il n'avait rien perdu. À l'heure du casse-croûte, tandis qu'il me coupait une belle tranche dans la miche de pain, il me demanda, comme si la conversation s'était arrêtée quelques minutes plus tôt:

- Alors t'as eu des papiers, t'as vieilli de quatre ans en une journée, et pis après ?

- Après ? Il fallait qu'on reste cachés. Pas question de se pointer chez Joseph. Gisèle était discrètement passée devant son domicile, à Vincennes. Elle avait remarqué la surveillance même pas discrète dont il faisait l'objet. Au lieu des deux jours prévus, on est restés deux mois chez Gisèle. Mais pas sans rien faire. Joseph avait remarqué que j'avais une mémoire infaillible. Il m'a donc utilisé pour aller glaner des renseignements précieux en m'indiquant les lieux les plus propices. Personne ne se méfiait d'un jeune gars qui venait boire un petit blanc là où on en trouvait encore. C'est surtout dans ce bistrot de la rue Lauriston que j'ai entendu le plus de choses. Notamment sur les copains de Joseph. Je sus qu'ils allaient être transférés de chez eux à une adresse en dehors de Paris. Si je ne compris pas le lieu exact, j'entendis distinctement « Par la route d'Orléans ». Je savais aussi que ce serait le lendemain soir.

L'œil du père Mathieu commençait à s'allumer :

- Qui qu'c'est que vous avez fait, alors ?

- Oh, ce jour-là fut un des plus longs de ma vie. J'avais pour mission de contacter tous ceux qui restaient dans le réseau. Je ne connaissais pas bien Paris. Heureusement, les indications de Joseph avec les stations de métro m'ont bien aidé. Le message était simple : on avait rendez-vous rue de Picpus où une camionnette gazogène nous attendait. On se retrouva à huit heures du soir, entassés à douze à l'arrière du bahut. Quand je vis où ils prévoyaient de tendre l'embuscade, je me dis que ça allait être une belle corrida. Pour la première fois, je sentis cette boule au ventre à laquelle j'allais m'habituer par la suite. La peur. Chacun avait pris une mitraillette dans la caisse cachée au fond du camion. On était postés à l'angle de deux petites rues. Je ne saurais dire lesquelles : on avait roulé bâche rabattue. « Une secousse fit réagir Joseph qui releva la bâche en sautant à terre suivi par tous les autres. Je fus le dernier à réagir. Quand je sautai à terre, les tirs étaient déjà nourris. Dans la première voiture, seulement deux hommes qui s'écroulèrent sans comprendre. De la deuxième traction commençaient à s'extraire trois types revolvers au poing. Les deux autres sur la banquette arrière s'étaient couchés. Par la vitre de la troisième voiture, un autre gars mitraillait à la volée. J'étais tétanisé. Je serrais la crosse de mon arme sans pouvoir appuyer sur la détente. Quand, derrière nous, surgit un camion plein de Boches, je n'eus que le temps de crier avant de me protéger dans l'encoignure d'une porte. Je vis tomber mes camarades d'un soir un à un. Joseph, touché à la jambe, me hurla :

« - Tire-toi, gamin, va où tu sais !

« Laissant tomber mon arme, je rasai les murs de la ruelle en courant sous le feu nourri des Frisés. Je crois que pour la première fois de ma vie j'ai imploré Dieu sincèrement. Je ne sais pas combien de temps j'ai couru à travers ces petites venelles. Une chose était sûre : plus personne ne me poursuivait. Il n'empêche : je ne pouvais pas m'arrêter de courir. Il me faisait rire, Joseph : retourner chez Gisèle, je voulais bien, mais je ne savais même pas où j'étais... Bon, on reprend le boulot, père Mathieu, on dirait qu'il va pleuvoir. »

Effectivement, trois pieux plus tard, de grosses gouttes commencèrent à nous frapper les épaules. Rapidement, nous remontâmes sur le tracteur. Trop tard. Quand on arriva dans la cour, nous étions à tordre. Après nous être séchés et changés, nous sommes passés à table. La conversation roula sur des sujets anodins, la pluie et le beau temps. Enfin, surtout la pluie aujourd'hui. Pas un mot sur nos petites histoires réciproques. Mathieu semblait vouloir égoïstement garder mes confidences pour lui seul. Moi par contre, je ne voulais pas provoquer les siennes en présence de témoins, de peur qu'il ne se ferme. S'il se taisait une fois, je n'arriverais jamais à en savoir plus. L'après-midi, au calme dans la grange, occupés à réparer les sacs de grains en prévision des prochaines moissons, je le pris de vitesse par une question toute simple :

- C'est à cause de la guerre que vous ne vous êtes pas marié ?

Il haussa un sourcil, répondit évasivement :

- Même pas... Ni de celle-là ni de celle d'avant. Non, si j'cheus resté tout seul, c'est à cause de la grippe.

- La grippe ?

- Ben oué ! La grande grippe. La grippe espagnole, quoi !

- Je ne comprends pas !

- Ben sûr que tu comprends pas. J't'ai encore rin dit ! En dix-huit, quand que j'seus rev'nu au pays, y'a eu un bal et j'ai connu l'Ernestine Clouseau. A l'était ben jolie, avec tout c'qui fallait là où qu'y fallait.

Un sourire coquin passa dans son regard à cette évocation. Il enchaîna :

- On s'est r'vus. On s'est plu. Mon p'pa était ben content parce que le sien, de p'pa, avait un grand domaine vers Neuvy, un peu avant l'entrée. Quand que c'est qu'on a commencé à parler de noce, tout l'monde était ben heureux. Et pis y'a eu c'te saloperie qu'est arrivée fin dix-neuf. D'abord, c'est mon p'pa qu'est mort le premier. Après, l'Ernestine… Remarque, j'ai eu d'la chance, parce que a l'aurait ben pu m'y refiler. C'est qu'on faisait pas que s'regarder dans le blanc des yeux, tous deux, si tu vois ce que je veux dire…

Je ris franchement :

- Oui, j'imagine bien.

- Attends, c'est pas fini : après, y'a eu ma m'man ! J'ai cru que j'm'en remettrais jamais ! Et pis encore l'mari de la Marguerite. Elle aussi j'ai cru qu'elle allait y passer. Et tu vas voir, ça épargnait personne ! Riche ou pauvre, noble ou paysan… Le comte et sa femme, qu'était ben gentille d'ailleurs, dans l'château derrière l'étang, là… Eh ben eux aussi ! À c'moment-là, j'ai r'pris un peu goût à la vie.

- Comment ça ?

- J'vas t'y expliquer… L'prochain coup, parce là, c'est l'heure de tirer les vaches.

Chapitre X

La pluie qui n'avait pas cessé de tomber m'avait fait passer une nuit en pointillés, entrecoupée de sommeil et de réflexions pour une fois pertinentes de Joseph. Ainsi, il se demandait pourquoi le vieux nous avait parlé des « châtelains ». Je lui répondis que sûrement parce que c'étaient ses voisins, et qu'eux aussi avaient été victimes du fléau de la grippe. Il m'avait rétorqué avec raison qu'à ce moment-là il aurait tout aussi bien pu passer en revue tout le reste de la population. Non, pour lui il y avait un autre motif, surtout après sa dernière réflexion, quand il a dit qu'il avait repris goût à la vie. C'était vrai que dit comme ça, l'expression était bizarre, presque à contresens. Lors de ma dernière phase d'insomnie, Joseph m'a simplement dit : « Il faudra creuser de ce côté-là, le faire parler encore ! » Il avait sans doute raison. Après, je me suis rendormi jusqu'au matin. Au réveil, je constatai qu'il pleuvait encore. Qu'allait-on pouvoir faire de cette journée maussade ? La réponse me fut donnée dès que je pénétrai dans la cuisine. Mathieu, vêtu comme un dimanche, me dit :

- Nippe-toué comme y faut, gars ! On va vouaire les bêtes qu'y veut m'vendre, l'aut'là-bas à couté d'Lignières.

- Lignières ? Mais c'est loin ! C'est dans l'Indre, non ?

- Ah non, mon p'tit gars. C'est encore cheu nous, dans l'Cher. Limite, mais encore cheu nous.

- Et on y va comment ?

- Ben avec l'auto, tins, beurdiniau ! Pas à pied, bin sûr !

- Et pour ramener les bêtes ? D'abord, c'est quoi comme bêtes ?

- Des limousines... Et pis faut qu'a m'plaisent, les bestiaux ! Si on fait affaire, y m'les livrera avec sa bétaillère. J'en ons point, moué, d'bétaillère. Allez, avale ton jus et va t'changer !

Je ne me fis pas prier. L'occasion était trop belle pour le faire parler encore. C'est qu'avec la vieille « Citron », on aurait largement le temps de discuter avant d'arriver.

Au départ, on parla de cette maudite pluie qui ne cesserait pas de la journée, vu le ciel complètement bouché. Ensuite, il fut question des essuie-glace de la voiture à changer: il faut dire que le chant des balais usés sur le pare-brise devint vite agaçant. Avant qu'il n'enclenche la conversation sur la suite de mes... aventures, je dis :

- Y'a une chose que je n'ai pas comprise, hier...

- Oué ?

- Quand vous avez dit : « J'ai repris goût à la vie. » Après une telle hécatombe, quand même !

- Oué... Et c'était pas fini, tu vas vouaire ! Enfin, la p'tite Édith a l'est rentrée d'sa pension d'curés à c'moment-là ! C'est qu'c'était elle la nouvelle châtelaine à présent.

Le regard dans le vague, ce qui n'était pas très rassurant vu l'état de la route, il continua :

- Le jour de l'enterrement de son père, a l'était là, toute menue dans son beau manteau noir, la figure cachée sous une voilette. Quand que j'y ai serré la main, aux condoléances, j'arrivais pu à la lâcher, c'te p'tite main toute fine que tremblait un peu. J'me rendais ben compte qu'j'avais l'air un peu con. Alors j'ai bégayé : « Heu... Si j'peux faire quèque chose, mam'zelle... » À travers le tulle noir de la voilette, a l'a plongé ses yeux dans les miens. J'chavais pu où m'fout', bon Dieu ! A l'a dit : « C'est gentil, Mathieu, on verra... » Et pis j'cheus rentré chez moué. J'ai pas dormi d'la nuit. Pourtant, j'comprenais rin ! D'habitude, j'les aimais pas comme ça, les filles... Plutôt comme l'Ernestine : avec c'qui faut là où qui faut ! En tournant et r'tournant dans mon lit, j'me disais ça. A l'est toute maigrichonne, que j'me disais. A l'a même pas d'nichons, que j'me disais encore. Oué, mais y'avait ses yeux. Et pis c'te main toute fine. Et pis j'arrivais toujours pas à dormir, bou Diou !

- Vous me la décrivez comme une enfant, là. Elle était si jeune que ça ?

- Pu jeune que moué, oué... Mais a l'avait quand même bintôt vingt ans. A l'tait née en un. C'était une gamine du siècʼ. Bon, tu veux t'y que j'continue ?

- Ben oui.

- A l'tait restée là, après, parce que sa m'man a l'tait ben malade aussi... Et pis a l'est morte à son tour, sa m'man, même pas quinze jours après. C'te fois, au cimetière, quand que j'y ai encore serré sa p'tite main, j'l'ai vite lâchée. Mais j'y ai r'dit :

« - Surtout, si vous avez besoin, hésitez pas.

« C'était un peu par politesse, ent' voisins. J'attendais pas d'réponse. A m'a dit quand même :

« - Merci Mathieu. Je passerai te voir dans la semaine.

« Alors là, j'peux t'dire que j'ai pas dormi non pu. Je m'seus mis à rêver. A l'est ben v'nue, trois jours après. Qu'est qu'a l'tait belle dans c'te p'tite robe noire ! A l'tait encore pu pâle là-d'dans, mais qu'est-ce qu'a l'tait belle ! La Marguerite a l'a fait entrer dans la maison. A s'est assis, et pis a l'a dit sans hésiter :

« - Dis, Mathieu, ça t'intéresse, mes terres ?

« Moué, comme un beurdin, j'y ai d'mandé :

« - En fermage ? Bin sûr,mam'zelle Édith !

« A l'a souri. Moué, j'ai rougi, qu'a m'a dit la Guiguite.

« - Plus de mademoiselle, Mathieu. Juste Édith si tu veux... Non, pas en fermage : m'acheter les terres, ça t'intéresse ? Moi, je n'en ferai rien, et Auguste commence à se faire vieux.

« Alors là, c'était aut' chose. C'est qu'y en avait grand, des terres à m'sieur l'comte. J'ai marmonné :

« - Toutes les terres ?

« A m'a dit :

« - Oui, sauf le château et le bois autour. Je n'ai pas l'âme d'une paysanne, mais je veux garder mon château.

« Et moué :

« - Oué, j'comprends ben… Combin, l'tout ?

« A m'a répondu :

« - Je ne sais pas… Il faut voir avec le notaire.

« On a bu un coup, et pis a l'est r'partie. Comme un idiot, j'ai pu su trouvé d'aut'mots pour y d'mander quand qu'on se r'voyait. A l'est rev'nue le lendemain, à la même heure. A nous a dit qu'a l'avait pris rendez-vous cheu l'notaire pour la s'maine prochaine. A m'a dit aussi que fallait que j'vienne manger avec elle, qu'a l'avait réservé une table pour samedi, à La Guerche. J'y ai été. J'avais décidé que fallait que j'y cause, alors j'y ai causé… Mais tins, v'là qu'on arrive ! »

La voiture s'engagea dans un chemin plein d'ornières que la pluie avait rendu presque impraticable. Mathieu ne dit plus rien, du coup, concentré sur l'équilibre de sa vieille « Citron ». On déboucha sur une vaste cour gorgée d'eau. Le vieux rangea l'auto devant le corps d'habitation. Au moment de mettre pied à terre, nous fûmes accueillis par les aboiements croisés de deux chiens qui tiraient à qui mieux mieux sur leur chaine. Tandis qu'une petite bonne femme nous ouvrait la porte, un gros « bounhoumme » sortait de ce qui semblait être une étable. Quelle idée de s'être endimanchés : nos chaussures étaient déjà toutes crottées et à chaque pas le bas pantalon devenait marron de boue. Après un obligatoire café arrosé – « Pour vous réchauffer ! » -, on alla examiner d'un œil expert les six génisses que Mathieu voulait acquérir. Moi, je les trouvais magnifiques ces jolies jeunes vaches marron clair avec leurs grands yeux bordés de longs cils, comme si on les avait maquillés pour la présentation. Le père Mathieu, lui, n'en laissa rien voir et se contenta d'un « M… oué ! » dubitatif. Le gros Roger (puisqu'il s'appelait Roger), devant une telle attitude, dit simplement :

- J'peux ben t'faire un p'tit quèque chose si tu prends les six, Mathieu.

- Oué... Combin donc qu'tu m'fais ? J't'y payes d'la main à la main, hein ?

Quand Roger annonça le prix, un semblant de sourire passa dans les yeux du vieux qui conclut :

- Tope là !

De retour à la cuisine, la petite dame avait dressé la table et servi des apéritifs. Après un copieux repas fait d'un énorme pâté aux pommes de terre suivi d'un gigot sur un lit de flageolets, et bien sûr conclu d'un café arrosé, encore après d'excellents fromages de chèvre bien secs, nous avons pris le chemin du retour. Sur le pas de la porte, Mathieu avait sorti de la poche intérieure de sa veste un antique portefeuille en cuir râpé et en avait extrait une colossale liasse de billets. Une fois comptée, il la tendit à Roger en disant :

- C'est ben ça ?

L'autre, sans vérifier :

- Oué... J'te les emmène jeudi. Allez, bonne route, les gars !

Une fois sortis du chemin boueux, Mathieu se tourna vers moi avec un large sourire :

- T'as t'y vu comment que c'est que j'l'ai emberlificoté, l'aut'ravasson ? Pas chères, les six, hein ?

Je souris à mon tour. Je pensais, moi, que le maquignon avait tout prévu et que les génisses avaient été acquises à leur juste prix. Je n'en laissai rien paraître, me contentant de répondre d'un air admiratif :

- Oui. Bien joué, père Mathieu !

-T'as vu, hein ? A sont belles, ceux taures. A vont faire des bons viaux !

- C'est sûr !

Je m'en fichais un peu, pour tout dire. J'allais le relancer sur son histoire, mais il me prit de vitesse :

- Allez, à toi d'causer un peu. Tu ravassais la nuit dans les rues d'Paris, et pis ?

- Non, je ne ravassais pas, comme vous dites : j'ai couru jusqu'à en perdre mon souffle, complètement perdu. Quand je me suis arrêté, accroupi dans une encoignure d'une toute petite rue, j'ai commencé à réfléchir. Le mieux serait que je reste là à attendre que le métro ouvre. Alors, avec le nom des stations, je pourrais revenir chez Gisèle. Voilà ce que je me disais. J'avais froid, maintenant, et je me demandais ce que j'allais devenir sans Joseph. Joseph... Je l'avais vu tomber en se tenant la jambe quand il m'avait crié de partir. Ce n'était peut-être pas trop grave. Tout ça tournait dans ma tête, en même temps que la peur de voir surgir une patrouille.

« Je restai là jusqu'au petit jour, les fesses sur les talons, à faire tourner mille suites possibles dans ma tête. Je crois que je commençais à regretter un peu de m'être enfui de chez moi. Peut-être ai-je pleuré un peu aussi cette nuit-là, je ne me souviens pas bien. En tout cas, dès les premières lueurs du jour, je suis reparti les mains au fond des poches, tel un gars qui s'en va au turbin. Je me suis engouffré dans la première bouche de métro et j'ai consulté le plan. Je n'étais pas loin du boulevard Voltaire. J'ai mémorisé au mieux, je suis remonté, et j'ai marché jusque devant chez Gisèle. Là, j'ai marqué un temps. Comment lui raconter ce qui nous était arrivé ? Comment expliquer que je m'étais enfui ? Et surtout, comment lui dire que Joseph avait été au mieux pris, au pire tué ? J'ai pris mon courage à deux mains, et dès qu'elle eut ouvert la porte, je me suis jeté dans ses bras et j'ai tout débité d'une traite. Elle m'a caressé les cheveux en disant :

« - Pauvre gamin ! Vivement que ça finisse, cette saloperie... Enfin, t'es là, t'as eu de la chance.

« Elle s'est assise sur le lit et après un long silence, a débité :

« - Maintenant, il ne faut pas qu'on reste là. Tu vas te reposer un peu pendant que je vais aller aux nouvelles. Mais dis-toi bien qu'on va devoir partir.

« Elle se leva, enfila son manteau, couvrit sa tête d'un fichu et m'ordonna de m'allonger pour dormir un peu. En sortant, elle ajouta même :

« - Parce que la journée va être longue.

« J'avais réussi à m'endormir, ivre de fatigue. Quand elle revint, je fus tiré d'un cauchemar où les balles sifflaient au-dessus de ma tête. Gravement, elle me dit de me préparer, qu'on devait s'en aller tout de suite. Elle dit encore qu'une voiture nous attendrait en début d'après-midi sur la route de je ne sais plus quel bled pour nous emmener vers Le Tréport. Après lui avoir demandé où c'était et qu'elle m'eut répondu « En Normandie », je lui ai demandé ce qu'on allait foutre là-bas. Elle m'a dit que ce n'était qu'une étape, qu'on allait en Angleterre, enfin si on y arrivait, parce qu'on était grillés ici, et qu'il ne fallait plus poser de question mais pédaler. Oui, on avait récupéré les vélos. Si la situation avait été moins tendue, j'aurais trouvé drôle de la voir pédaler sur un vélo de garçon. En roulant, j'ai encore demandé :

« - Pourquoi tu dis qu'on est grillés ?

« - Tu sais, la résistance n'est pas aussi unie que tu crois. Nous, les communistes, on n'est pas vus d'un bon œil par tout le monde. Pourtant, on devrait tous aller dans le même sens...

« - Et pour Joseph, on fait rien ?

« - D'ici, on ne peut plus rien faire. Tu as vu hier, le résultat ? Il nous faut référer à Londres. Eux sauront sans doute quoi faire...

« Je n'y comprenais pas grand-chose. On ne savait même pas s'il était encore vivant, et si oui, pour combien de temps. On est arrivés au lieu de rendez-vous. Un vieux camion gazogène nous attendait, chargé de caisses de salades. On s'est installés à l'arrière, au milieu des caisses. Le trajet m'a paru interminable. Ce n'était rien comparé à la traversée. »

- T'as été chez les rosbifs, donc ? demanda le père Mathieu.

- Eh oui, mais ce ne fut pas aussi simple !

Chapitre XI

À notre retour, la pluie avait fait place à un ciel lumineux, joliment lavé par toute l'eau tombée depuis la veille au matin. Il était un peu plus de quatre heures et Annie n'était pas encore rentrée de l'école. Tous les jours, elle revenait à pied quel que fut le temps qu'il fasse. Il y avait bien une heure de marche. Me vint alors une idée subite, et je demandai sans plus réfléchir :

- Dites Mathieu, je peux vous emprunter la voiture un moment ? Je voudrais aller acheter du matériel de pêche.

Il me fixa, l'œil légèrement soupçonneux, mais dit quand même :

- Ben sûr, gars ! Heu, t'as l'permis, au moins ?

Avec aplomb, je rétorquai :

- Évidemment !

Je mentais à peine. Les permis, je les avais tous. Ils étaient militaires, mais je les avais tous. Je n'avais simplement pas encore pris le temps de les faire convertir, n'ayant jamais eu d'auto. Le vieux d'ajouter :

- Et pis si tu trouves la gamine en route, t'as qu'à la remonter. A finit à quatre heures et d'mie.

- D'accord.

Voilà, j'étais parti. Après avoir récupéré la petite à la sortie, nous nous rendîmes bien chez le marchand d'articles de pêche. Je fis l'emplette de deux cannes, d'une pochette d'hameçons, de deux bobines de fil, d'une bourriche et de quelques flotteurs multicolores. Ainsi, mon prétexte pour avoir la voiture était justifié. Maintenant, je pouvais réellement mettre en œuvre l'idée qui me trottait dans la tête. Je demandai à Annie :

- Tu peux m'indiquer où se trouve le cimetière ?

- Oué : tu r'tournes vers l'école, et pis tu montes la rue à côté d'l'église. C'est en haut d'la rue.

Le tombeau du comte et de sa famille dominait toutes les autres sépultures : une énorme chapelle surmontée d'une croix de pierre, avec une porte en fer ajourée au-dessus de laquelle trônaient les mêmes armoiries qu'au château. J'essayai d'actionner la porte : elle était fermée. Je me contentai alors de regarder à travers le quadrillage de fer. Je n'arrivai qu'à distinguer deux noms parmi toutes les plaques fixées aux murs. Sur la première, je lus : « Ci-gît madame la comtesse Eugénie d'Ormont née baronne de La Boisserie. 1878-1920. *Requiem In Pace.* » L'épitaphe était surmontée d'une photo passée sur céramique qu'on ne distinguait presque plus. Sur l'autre plaque était inscrit : « Ci-gît madame Édith Zelensko, vicomtesse d'Ormont. 1901-1933. *Requiem In Pace.* » Là aussi, la plaque était agrémentée d'une petite photo dans une céramique ovale. Bien moins abîmée, celle-là, puisqu'on pouvait encore admirer la beauté fragile de la jeune femme. Je racontai ce que je voyais à Annie et ajoutai :

- Tu avais raison, elle est morte depuis longtemps, la belle dame d'Eugène. Vingt-deux ans, tu te rends compte !

- Ah, quand même ! Je savais pas au juste.

- Et depuis, Eugène reste là-bas tout seul au château ?

- Oué. Y t'y racontera ben, si y veut... Pu personne y veut y aller, au château. Y disent qu'il est maudit, l'château !

- Maudit ? Pourquoi ?

- J'chais pas ben, moi ! Y veulent pas m'y dire, ni les uns ni les autres ! J'ai essayé de faire d'mander à son père par Pierrot, et il a rin voulu y dire non pu. Y y'a juste dit : « Ça pue la mort, c't'endroit ! » Pareil avec la m'man du gros Michel. Peut-être que l'Eugène y t'y dira, à toi.

Elle ajouta :

- Faudra qu'on va l'voir, Eugène. Y va pas bien, j'trouve.

En rentrant, Mathieu contempla le matériel que j'avais acheté avec un œil de connaisseur :

- J'pêche pu, moué... Je pourras p't'être m'y remettre. D'ailleurs, tu sais-t-y ? Faut qu'on l'drague, c't'étang, il est plein d'herbes.

Au cours du repas du soir, je fus surpris par le père Mathieu. D'abord, Marguerite demanda :

- Qui que c'est que tu vas faire de ceux génisses, Mathieu ?

Lui, véhément :

- Qui que j'vas en faire ? Des viaux, tins ! J'vas me r'lancer dans les viaux. J'vas yeu faire vouaire à tous ceux causeux si a l'est à l'abandon, la ferme du père Mathieu ! Et pis à partir de l'automne prochain, pu d'jachère : on laboure tout, on sème tout ! Y vont vouaire, à présent qu'y a Jules !

J'étais interdit. À vrai dire, je pensais qu'il me considérait comme un simple saisonnier. Et moi, si j'étais resté, c'était surtout par curiosité. D'abord à cause du château, puis du fantôme, et enfin de la belle dame. Maintenant, il était sûr que je resterais pour toujours, le vieux. Moi, je n'avais rien décidé. Pour l'instant, j'attendais la fin de l'histoire, de plus en plus persuadé que celle de Mathieu rejoindrait celle d'Eugène. Comme je ne disais rien, ce fut Marguerite qui argumenta :

- Confonds pas tout, vieux têtu. Si ça se trouve, Jules ne fait que passer. Pour une saison, mais à l'hiver, hein ? Il a bien une famille, ailleurs, Jules ?

On aurait dit que je n'étais pas là. Je laissai faire : qu'aurais-je pu ajouter, ne sachant pas moi-même ce que j'allais faire demain ? Mathieu insista :

- Il est bien, là, le Jules ! Pourquoi donc qu'y s'en irait, hein ?

Enfin, se tournant vers moi :

- T'inquiète pas, Jules, j'saura ben t'faire rester !

Le soir dans mon lit, Joseph se manifesta :

- Tu réfléchis, hein ? Partir avant qu'il ne soit trop tard, ou rester pour toujours ?

- Arrête, Joseph ! Je suis un homme libre, et je partirai quand bon me semblera.

- Ouais, cause toujours, trompette ! Déjà, je suis tranquille : tant que tu ne sauras pas le fin mot des histoires, on restera. Après, je suis sûr qu'autre chose te retient ici.

Son petit sourire narquois m'agaçait :

- Précise…

- Annie ! Dans le fond, si on est toujours là, c'est uniquement grâce à Annie. Tu ne t'en rends même pas compte…

- T'es pas fou ? Elle n'a pas treize ans, Annie !

- Et alors ? Elle les aura dans quinze jours. Mais je ne vois pas le rapport : je lis en toi comme dans un livre.

Dans les jours qui suivirent, Mathieu m'assigna à des tâches solitaires ingrates : il me laissa seul remplacer plusieurs clôtures usagées. Pendant ce temps, lui vaquait à d'autres occupations : d'abord, recevoir dignement Roger qui lui livrait ses génisses ; ensuite, il consacra deux jours entiers à l'épandage ; enfin, le vendredi, il prit la voiture et disparut toute la journée. Comme personne ne semblait s'inquiéter de sa destination, je n'osai pas jouer les curieux. On avait prévu de curer l'étang le samedi matin, mais une pluie torrentielle nous immobilisa à demeure. En début d'après-midi, alors que je commençais à m'assoupir, on toqua à la porte de ma chambre. Après que j'eus crié un « Oui ? » sonore, Annie passa sa tête dans l'encadrement en mettant le doigt sur ses lèvres :

- Chut ! Tonton y dort… Tu veux qu'on va voir l'Eugène ?

- Il pleut à plein temps !

- Pas grave, j'ai l'pépin à mémé. Et pis t'es pas en sucre !

- Bon d'accord…

- T'as qu'à emmener tes cahiers d'dessins, comme ça tu y f'ras voir.

Malgré le parapluie, nous étions frigorifiés en arrivant dans le hall du château. Eugène, à la même place, nous accueillit de son sourire bienveillant. Après quelques banalités d'usage, Annie me fit signe de lui montrer mes cahiers. En silence, il feuilleta le premier, leva sur moi son regard si particulier et dit :

- Jolie maîtrise du trait, réalisme troublant à ce que je peux en juger... Mais mon Dieu que c'est noir ! Apparemment, la vie ne vous a pas fait de cadeau. Et la couleur, vous n'avez jamais essayé ?

- Non... Vous savez, j'ai reproduit ce que j'ai vu, c'est tout. Et je n'avais qu'un crayon noir dans mes maigres bagages.

- En tout cas, vous possédez un talent certain... Ça vous dirait d'apprendre la couleur ? Je pourrais vous initier...

- Bien sûr. Mais pourquoi feriez-vous ça ? Je ne voudrais pas troubler votre quiétude.

Il ferma les yeux, soupira, avant de répliquer :

- Quiétude n'est sans doute pas le mot approprié... Pénitence serait plus juste. Et si je vous le propose, c'est aussi un peu par égoïsme. Si mon œil est toujours aussi sûr malgré les apparences, ma main, elle, ne m'obéit plus que de temps en temps... Regardez !

Il tendit ses deux mains et un tremblement qu'il ne semblait pas pouvoir maîtriser agitait ses deux membres.

- Et encore, là, je suis en période calme. Pour ne rien vous cacher, j'aimerais que vous deveniez mon bras...

Il rit franchement :

- Mon exécuteur des basses œuvres, en quelque sorte.

J'étais gêné. Je ne comprenais pas vraiment ce qu'il attendait de moi. Mais la curiosité l'emporta :

- C'est trop d'honneur, mais je veux bien essayer.

Annie s'était assise sur la première marche de l'escalier et semblait s'amuser de la situation. Eugène commença par m'initier aux rudiments de la peinture à l'huile, m'expliquant chaque étape, me présentant chaque ustensile. Une question me vint spontanément :

- Mais tout ce matériel, comment vous le procurez-vous ? On dit que vous ne sortez jamais d'ici !

- Vous savez, tout ce qu'on dit... Mais c'est vrai : je n'ai pas quitté l'enceinte du château depuis un certain soir de 1933.

- Mais comment ?

- Je me débrouille... C'est vrai que j'avais commencé à vous raconter les raisons de ma présence. Où en étais-je resté, déjà ?

Tout en posant cette question d'une manière qui se voulait anodine, il me montrait comment mêler l'huile aux différents pigments afin d'obtenir la couleur recherchée. Moi, sur un ton tout aussi léger, je répondis :

- Oh, pas bien loin... Vous nous aviez expliqué la chance que vous aviez eue, votre succès grandissant avec vos portraits du tout-Paris.

- Ah oui ! Le mépris affiché de mes congénères, aussi... Ce n'était pas très bien vu, un peintre qui gagnait bien sa vie, à l'époque, en naviguant sur une vague de « peinture facile », comme avaient osé l'écrire certains critiques. Eh bien malgré tout, la chance a continué à me sourire. Un matin, on frappe à la porte du petit atelier, que je venais de racheter d'ailleurs. Là, un homme se présente comme éditeur de livres. Il me demande si je connais les œuvres d'un certain monsieur Leblanc. Devant mon ignorance, il m'explique qu'il s'agit des aventures d'un Robin des Bois moderne, en quelque sorte. Un certain Arsène Lupin. Il me demande si je serais intéressé pour illustrer la couverture du livre à venir, m'expliquant que si le public pouvait visualiser le personnage, les ventes n'en seraient que meilleures. C'était nouveau pour moi. Il continua en disant qu'il me laissait un exemplaire des précédentes aventures, afin que je découvre son univers. Il me déclara encore qu'il repasserait quinze jours plus tard pour savoir si j'étais partant. Ce furent les mots : »Votre prix sera le mien » qui m'incitèrent à me plonger dans le bouquin.

« Quand il revint, après deux semaines, non seulement il put voir que j'étais d'accord puisqu'il tomba en extase devant la toile que j'avais achevée quelques jours plus tôt, mais en plus il me signa un chèque au porteur si conséquent qu'il ne prêtait lieu à aucune négociation. Apparemment, le sourire de mon Arsène sous sa fine moustache, masqué d'un loup et revêtu d'une cape noire à doublure rouge, l'avait séduit. Sûrement aussi sa pose nonchalante, à demi assis sur une rampe d'escalier Grand Siècle… ou alors ce fut le haut-de-forme légèrement incliné sur le côté. En me tendant le carré de papier magique, il dit simplement :

« - Comment pouvait-on l'imaginer autrement ?… Bravo ! »

- Oui, je l'ai déjà vu, ce livre. Mais je ne savais pas que c'était vous… Excusez mon inculture, Eugène.

- Ce n'est pas grave, mon petit. Ensuite, il me fit illustrer chacune des aventures d'Arsène, puis me confia celles d'un journaliste écrites par un certain monsieur Leroux. La copie que je lui rendis de Rouletabille le laissa aussi admiratif que pour Lupin. Bien sûr, je fis la connaissance des auteurs, reconnaissants qu'ils étaient de les avoir si bien compris. J'ai même cédé à leur demande en réalisant leur portrait. En accord avec mon éditeur, une exposition fut mise en place, qui fit courir le tout-Paris artistique.

« Ce fut lors du vernissage que je la vis pour la première fois. Au premier abord, je fus surpris. Si ce soir-là tout le monde était à mes pieds, me sollicitant de mille demandes, de maintes commandes, elle m'apostropha de manière vraiment originale pour une femme, à l'époque. En rosissant légèrement, elle me demanda si elle pouvait faire une photo de moi devant la toile originale du premier Arsène. Face à une telle beauté, j'avais un peu perdu mes moyens, et me contentai de lui demander pour quel journal elle travaillait. Avec un sourire innocent, elle répondit :

« - Aucun… Ce sera au plus offrant ! Et pour ma collection personnelle.

« Alors moi :

« - D'accord, mais j'en veux un exemplaire… pour ma collection aussi.

« Elle disparut et revint chargée d'un trépied et de tout son matériel devant une assistance interloquée. De mémoire de Parisiens, on n'avait encore jamais vu de photographe professionnelle féminine. Elle prit plusieurs clichés, me remercia et me demanda où elle devait livrer mon exemplaire. De bonne grâce, je lui communiquai mon adresse, sans être sûr de jamais la revoir. Là, elle disparut pour de bon.

« Au lieu de profiter de l'instant et de savourer mon succès, je passai le reste de la soirée à chercher qui elle pouvait bien être, qui l'avait invité. Je sus juste qu'elle était arrivée accompagnée d'un journaliste de *Paris-Soir*, et qu'il l'avait présentée à plusieurs personnes sous le titre de vicomtesse de quelque chose.

« Une fois rentré chez moi, je lui en voulus un peu : elle m'empêchait d'apprécier pleinement la réussite de cette soirée, de penser aussi à cette revanche que je prenais sur ceux du Bateau-Lavoir et autres cubistes de tout poil. Son image m'obsédait bien trop. Ce visage parfait, cette fragilité à fleur de peau, ce teint de porcelaine… Elle possédait tout ce qu'un peintre pouvait imaginer pour réaliser l'œuvre parfaite. Mais était-ce seulement un attrait artistique ? J'essayai de m'en convaincre et le sommeil me gagna sur ce pieux mensonge.

« Malheureusement, au réveil, elle était encore là, imprimée à jamais dans ma rétine. Il fallait bien que je me rende à l'évidence: je ne pourrais plus vivre désormais qu'à travers elle. D'ailleurs, les deux jours qui suivirent, je les passai derrière ma verrière donnant sur la rue, sans toucher un pinceau. Le troisième jour, en début d'après-midi, je la vis arriver, quittai précipitamment la fenêtre, me passai machinalement la main dans les cheveux avant d'aller répondre aux légers coups donnés dans ma porte… Mais je parle, je parle, et il commence à se faire tard ! Il serait bien que vous rentriez. Revenez demain, si vous voulez, c'est dimanche. »

Chapitre XII

Le soleil qui filtrait à travers les volets de ma chambre était si lumineux en ce dimanche matin que je décidai d'aller à la pêche. Vraiment, cette fois, pour essayer mon nouveau matériel. Mathieu avait raison : il fallait le nettoyer, cet étang, sous peine de bientôt retourner acheter des hameçons et autres flotteurs tant je cassais de lignes dans les herbes. Quelques poissons-chats et autres petites perches plus tard, je décidai de plier les gaules. Je reviendrais quand on aura curé l'endroit. Annie arriva alors que j'allais rentrer. Elle m'informa que ce midi-là le prétendant de Germaine était invité à partager leur table. Le repas fut assez agréable, si on excepte la gêne du jeune éleveur et sa gaucherie face aux questions de Mathieu qui, autant par sa réputation que par sa voix autoritaire, impressionnait tout le canton. Après le café, laissant les amoureux partir pour une balade bucolique, Annie me chuchota de la rejoindre à la baraque de l'étang pour aller au château. Vu son empressement, j'eus l'impression qu'elle était plus pressée que moi d'entendre la suite de l'histoire d'Eugène. On le trouva allongé sur un divan en velours râpé, assoupi, la bouche ouverte. La petite, craignant sans doute un malaise, se précipita en hurlant :

- Eugène !

Le vieil homme ouvrit un œil et sourit :

- Eh, doucement ma belle : tu vas me faire avoir une attaque. Si je n'y vois plus trop, j'entends encore parfaitement.

Il me proposa un café, suivi d'une excellente eau-de-vie de poire. La même question qui me taraudait revint sur le tapis :

- Mais qui vous fournit un aussi bon café, vous qui ne sortez jamais ?

La réponse fut la même :

- Je me débrouille…

À force, je finirais bien par savoir.

Ensuite, il me fit installer devant son chevalet où il avait disposé une toile blanche. Sur un autre, à côté, un des nombreux portraits d'Édith. Sans autres explications, il me dit :

- À vous de jouer, jeune Jules !

Moi, sceptique :

- Vous le voulez à l'identique ?

- C'est vous l'artiste, maintenant, c'est vous qui voyez… Allez-y, faites comme vous l'entendez. Pendant ce temps, je vais reprendre là où j'en étais resté hier : j'en vois une qui s'impatiente.

Annie, qui avait repris sa place stratégique sur la deuxième marche de l'escalier afin de ne rien perdre de vue, protesta mollement :

- J'chus pas impatiente. On a ben l'temps, c'est dimanche…

Eugène sourit, satisfait de son effet, et enchaîna :

- Je vous disais donc hier qu'elle était derrière la porte à frapper doucement. En ce bel après-midi d'été, elle m'apparut telle une madone dans une petite cotonnade claire, bras mi-nus, les cheveux relevés sous un chapeau de paille. Je m'écartai pour la laisser entrer puis lui pris la main qu'elle avait libre pour un léger baisemain. Elle rosit un peu en me laissant néanmoins faire. Peut-être avais-je l'air ridicule, puisque son sourire s'accentuait à la limite de la moquerie ? Je me justifiai en disant :

« - C'est bien ainsi qu'on pratique dans votre monde ? On m'a laissé entendre que vous étiez vicomtesse.

« Là, elle rit franchement en répondant :

« - Oui, je suis bien ce que vous dites, mais dans nos campagnes on ne pratique que rarement ce genre de protocole. Et si je suis montée à Paris, c'est pour oublier un peu ces bêtises et me consacrer à ma passion.

« Tout en parlant, elle avait extirpé du grand cabas qu'elle tenait sous son autre bras une épreuve photographique d'une qualité exceptionnelle. Non pas que le sujet fût très original puisque c'était moi, mais la manière dont elle avait su, par je ne sais quel procédé, le rendre aussi vivant, aussi naturel, me subjugua. Étais-je vraiment impartial dans mon jugement à cet instant ? Quand j'y repense aujourd'hui, je crois que j'étais déjà envoûté. Pour la remercier sans avoir l'air trop ballot, je ne sus que dire :

« - C'est magnifique ! Comment puis-je vous remercier ?

« Comme elle ne répondait pas et qu'on avait l'air de deux idiots plantés devant la porte, je la fis pénétrer plus avant, la fit asseoir sur la bergère réservée à mes modèles et lui proposai un verre de vin rosé rafraîchissant. Je n'avais que ça. Pendant que je servais, j'osai enfin lui demander par un biais savant ce dont je rêvais depuis maintenant trois jours :

« - J'ai bien une idée... Pour vous dédommager de ce beau cliché, je vous rends la pareille. Poseriez-vous pour une petite aquarelle, que je vous offrirais ? Ce ne serait pas long, si vous avez autre chose à faire...

« Son beau visage s'illumina d'un large sourire et elle s'empressa de répliquer :

« - Oh non, je n'ai rien de mieux à faire, et ce serait un grand plaisir !

« J'avais un peu menti, bien sûr. La séance dura trois heures. Après lui avoir fait poser son chapeau, sa longue chevelure d'or se répandit sur ses frêles épaules. Le soleil qui envahissait l'atelier par la verrière lui donnait l'air d'une madone auréolée. Que le spectacle était beau ! Je fis durer l'instant bien au-delà de ce qu'il était nécessaire. Quand j'eus enfin terminé et que je lui montrai le résultat, elle ne put s'empêcher de s'écrier :

« - Ce n'est pas possible ! Je ne suis pas aussi belle... N'avez-vous pas un peu exagéré ?

« Et moi de répondre :

« - Je ne crois pas : c'est comme ça que je vous vois.

« N'ayant pas vu passer le temps, j'osai ensuite l'inviter à partager avec moi un dîner à une terrasse de la place du Tertre. Elle accepta. Je n'étais pas peu fier de déambuler dans Montmartre avec une aussi belle personne. Surtout qu'elle avait glissé son bras sous le mien. En fin de repas, alors que nous dégustions un café, je lui avouai que j'aimerais bien qu'elle revienne le lendemain ou un autre jour pour encore poser. Pour me justifier, je lui dis franchement que de toute façon, si elle ne venait pas, je la peindrais de mémoire, son image me hantant de jour comme de nuit. Elle piqua encore un énorme fard et répondit simplement qu'elle serait là dès le lendemain à deux heures... Bon, eh bien tu avances, Jules ! » Le vieil artiste examina la progression de mon travail avec une moue dubitative :

- Pour ce qui est du coup de pinceau, bravo, tu comprends vite.

Le tutoiement était venu instantanément, sans que ça me gêne. Il ajouta :

- Tu aurais fait un excellent copiste... Par contre, il manque la chaleur, le cœur, un peu d'émotion, quoi. Sans doute, la peur de mal faire. Mais ce n'est qu'une première, ça va venir !

La gamine mit son grain de sel :

- Moi j'y trouve beau, quand même ! Et pis lui, y la connais pas madame Édith...

L'analyse était courte, mais clairvoyante. Eugène approuva :

- Tu as raison, Ninny. Il faudra que Jules trouve l'émotion ailleurs... Après tout, je n'ai fait que lui faire reproduire une nature morte !

Une gêne s'était installée, qu'il fallait à tout prix rompre. Je tentai :

- La prochaine fois, Eugène, pourrai-je choisir mon modèle ?

- Pourquoi pas ? Allez, les enfants, il serait temps de rentrer maintenant.

Annie avait l'air pensive sur le chemin du retour. Contrairement à son habitude, elle restait silencieuse, tête basse. Un peu inquiet, je lui demandai ce qui la préoccupait. Elle se retourna, et dans un pauvre sourire :

- Pourquoi il a dit que ton tableau y l'était pas... j'chais pu, là... sensible, l'Eugène ? Moi j'l'ai trouvé drôlement beau... C'est pas juste !

Ce n'était que ça ! Je tentai de lui expliquer à ma façon :

- Tu sais, Ninny, Eugène a pris l'habitude d'idéaliser Édith. Son œil et le mien ne voient sans doute pas la même chose. Je n'ai fait que reproduire ce qu'on me proposait. Moi aussi je la trouve très belle, mais je ne l'ai jamais vue que sur les toiles, et dans son médaillon au cimetière. C'est donc normal. Et puis on ne réalise pas une œuvre sur commande. C'est pour ça que je lui ai demandé de choisir mon sujet, la prochaine fois.

- Et tu vas choisir qui, comme modèle ?

- Je ne sais pas encore...

- T'as qu'à prendre moi... Oh, oui, moi, moi, moi !

- Doucement, Ninny. Oui, pourquoi pas toi ? On verra.

Ce fut le moment que choisit Joseph pour se manifester :

- Et moi, alors, tu m'oublies ? Je ne suis pas assez beau ? Ingrat ! Qui est toujours là pour te conseiller quand tu doutes ? Qui a fait que tu sois toujours là, tout court, d'ailleurs ?

- On se calme, Jo... J'y avais pensé, figure-toi ! Alors tu vois ?

Joseph continuait à me tourner autour en menaçant :

- Moi en premier, hein ? T'as intérêt !

- Arrête, Joseph, tu me donnes le tournis !

Annie, la moue boudeuse :

- Ah ! Il est encore là, lui-là ? Y veut quoi donc ?

- Que je fasse son portrait…

- Évidemment, jaloux ! Remarque, c'est pas bête : je pourra voir à quoi qu'y ressemble, çui-là !

Joseph me regarda en écartant les deux mains dans un geste fataliste :

- Tu vois ?

Puis il disparut.

Autour de la table ce soir-là, il n'y en avait que pour Germaine qui nous raconta en détails son après-midi bucolique avec son amoureux. À mon avis, elle avait quand même fait exprès d'en omettre certains, des détails. Le père Mathieu était renfrogné. Je crus que c'était à l'idée de voir s'envoler Germaine. Mais non. Dès qu'il put en placer une entre deux extases de Germaine, il me demanda droit dans les yeux :

- Vous avez été ravasser au châtiau, tantôt ?

Surpris par la question, je jetai un regard à Annie avant de répondre :

- Euh… oui.

- Alors tu l'as vu l'artisse ?

- Oui.

- Un vieux fou ! Mais pas méchant… C'que y'a, c'est qu'y met des idées dans la tête de la gamine. Qui qu'y t'as raconté ?

- Pas grand-chose. On a surtout parlé peinture. Je ne le trouve pas fou du tout. Résigné, peut-être, mais pas fou.

- Oué, peinture… Ça t'intéresse aussi ceux machins-là ?

- Ben oui. Si la guerre ne m'avait pas dessiné un autre destin, c'est ce que j'aurais aimé faire, même si mon père à l'époque réagissait un peu comme vous !

- Oué, eh ben il avait p't'être raison, ton paternel. L'vieux y y'a mis ça dans l'crâne à la gamine, qu'a f'rait une artisse, elle aussi. Moué, j'veux d'abord qu'a l'apprenne ben à l'école pour avoir un vrai métier !

- Comme quoi ?

- J'cheus pas, moué... Infirmière ou dactylo. Un métier d'fille, quoué ! Pas qu'a finisse boniche, excuse-moi la Germaine, ou qu'a s'marie avec le premier v'nu ! C'est pour ça qu'j'aime pas ben qu'a traîne au châtiau !

- Vous avez peut-être raison. Mais l'un n'empêche pas l'autre. Elle est douée, Ninny. En plus je pense qu'elle a besoin de ses dessins pour combler un vide. La disparition de ses parents, par exemple...

- Oué... Y t'a raconté quoi d'autre l'vieux ? Tu sais-t-y qu'pu personne y va vers l'châtiau ? Y'a encore quèques années, y r'cevait les gens à coup d'fusil ! Y'a ben que la gamine qui peut y aller. Et pis toué, à présent.

- Oh, il y a sûrement quelqu'un d'autre qui lui rend visite. Il ne sort jamais et ne manque de rien, alors...

- P't'être ben, j'en sais rin !

Il coupa court ainsi, et Germaine en profita pour reprendre le crachoir : elle parlait maintenant de mariage à l'automne prochain, quand tout serait rentré : foin, paille, et grains. Le mois de mai approchant à grands pas, Marguerite, pratique, dit :

- Il faudra peut-être penser à publier les bans ?

Annie, que l'idée avait l'air d'enchanter, ajouta :

- Et pis aussi prévenir les cousins d'Apremont, et pis ceux des Bourdelins. Ceux de Feuillarde aussi. Dis, Jules, j'pourra être ta cavalière ? J'aura treize ans en septembre : j's'ra grande !

Les deux femmes partirent dans un éclat de rire qui vexa la petite. Avant qu'elle ne les tance d'une de ses répliques assassines, j'intervins :

- On verra, Ninny ; c'est encore loin, septembre.

La gamine se contenta de répondre :

- Ah, vous voyez, les vieilles ?

Chapitre XIII

La semaine qui suivit, je ne vis quasiment pas Mathieu. Il m'avait dévoué à des tâches solitaires de débroussaillage pendant qu'il s'occupait de je ne sais quoi. Quand on se croisait le matin, il ne me disait rien, hormis les consignes pour la journée. Je le sentais boudeur. Préoccupé, aussi. Le soir, à table, ce fut la semaine la plus silencieuse depuis que j'étais arrivé. Seules les femmes parlaient mollement de leur journée ou de celle à venir. L'animation revint le vendredi soir. Germaine, tout excitée, nous fit part de la publication des bans de son futur mariage avec un enthousiasme non feint. Ce serait le 14 septembre. Mathieu sortit enfin de son mutisme pour la féliciter et en profita pour m'annoncer que si le soleil persistait le lendemain on irait nettoyer l'étang. La mission s'avéra ardue. Heureusement qu'on disposait d'un bateau-dragueur ! À neuf heures, comme à son habitude, il sortit de sa musette la miche de pain et des petits crottins de chèvre. Ensuite, il tira de l'eau où il l'avait mis fraîchir une bouteille de vin blanc. Excellent, le vin. Il laissait dans la bouche un petit arrière-goût de pierre à fusil. Je lui en fis part. Enfin il m'adressa la parole :

- Heureusement qu'il est bon, c'est du Pouilly ! Et pas n'importe lequel : du PMG ! C'est mon cousin Armand de Sancergues qui m'l'emmène à toutes les Noëls.

- PMG ? Qu'est-ce-que c'est ?

- T'es fils de vigneron, toué ? Et tu connais pas le PMG ?

- Ben non...

- PMG, ça veut dire Pour Ma Gueule ! C'est l'pinard qu'y s'gardent pour eux autres et les copains, les gars. Pas d'étiquette, pas de vignette... pas d'taxes. Et pis surtout, y prennent l'meilleur de la cuvée, tu comprends ?

- D'accord ! C'est pour ça qu'il est si bon.

- Oué... enfin, l'Pouilly c'est souvent pas dégueulasse ! Bon, si tu m'racontais c'que t'as été foutre chez les ros-bifs, à présent ?

Là, il m'avait piégé. J'aurais préféré qu'il continue la sienne, d'histoire, mais bon.

- Ce que je suis allé faire en Angleterre ? Franchement, au début, je n'en savais rien. J'étais un peu perdu, je me contentais de suivre Gisèle, sans savoir ce que j'allais devenir. Eh, je n'avais que quatorze ans, et avec ce que j'avais vécu la veille, je ne pensais qu'à une chose : ne plus croiser d'Allemands ! Une fois sur le vieux bateau de pêche, si j'étais soulagé, j'étais aussi malade : le tangage du rafiot et l'odeur tenace de poisson m'avaient mis l'estomac à l'envers. D'ailleurs, l'odeur de poisson m'a suivi longtemps. Même encore quand j'en parle aujourd'hui, tenez !

- Et tu vas à la pêche ?

- Euh, oui, mais ça n'a rien à voir... Bon, je continue ? Ma plus grande surprise fut quand on toucha les côtes anglaises. Nous étions attendus par une escorte militaire qui se mit entièrement au garde-à-vous en voyant débarquer Gisèle. Le plus gradé d'entre eux prononça une phrase qui me laissa pantois. Il dit dans un français parfait : « Bienvenue, mon commandant ! » Une fois dans la voiture, j'interrogeai Gisèle qui m'avoua être la tête du réseau dont faisait partie Joseph. Elle ajouta même : "Et dont tu fais partie toi aussi, maintenant ! » Plusieurs questions me venaient à l'esprit, mais la plus pressante, je la lui posai :

« - Qu'est-ce-que je vais faire ici, moi ? Je ne sais rien faire : je suis qu'un gamin, encore !

« Elle me sourit, et me répondit :

« - On va utiliser tes compétences, ta mémoire infaillible. Et arrête de dire que tu n'es qu'un gamin. Officiellement, tu as dix-huit ans sur tes papiers. Une fois à Londres, je vais te faire suivre une formation d'agent de renseignements… Enfin, si tu es d'accord !

« - Agent de renseignements ? Comme espion, quoi ?

« Je ne savais pas si j'étais d'accord, je n'imaginais pas en quoi cela consistait. Je le lui demandai. Elle essaya de répondre sur un ton léger, pour ne pas m'affoler :

« - Tu vas apprendre quelques bases : sauter en parachute, te servir d'une arme, l'art du camouflage, la manière de se servir d'un émetteur, le morse… Enfin, quelques trucs, tu vois !

« Quelques trucs : elle en avait de bonnes !… Je l'ai faite, sa putain d'instruction. Elle a duré trois mois, sans répit, dans une espèce de casernement en tôle, en pleine campagne, froid, humide… Debout à cinq heures, couché à dix heures. Au bout d'un mois, j'étais épuisé, vidé. Mais j'y prenais goût. Gisèle venait me voir tous les samedis, discutait avec les instructeurs. À la fin, le major lui a simplement dit :

« - Il est prêt, et c'est un élément prometteur.

« De retour à Londres, Gisèle m'annonça qu'on allait repartir en France, mais en avion cette fois. On devait être parachutés derrière les lignes allemandes en Normandie. Le reste de la mission, elle me l'expliquerait sur place. Pour bien comprendre, il faut que je vous dise qu'on était en mars 44. Elle me dit aussi qu'elle avait une bonne nouvelle pour moi : j'allais être promu au grade de lieutenant. Devant mon étonnement, elle se justifia :

« - Chez nous, dans le renseignement, il n'y a que des officiers. Donc tu es maintenant le lieutenant Montel…

« Bon, si on se remettait au boulot ?

- Oué, on y va… Mais j'comprends rin, moué ! Tu t'appelles pas Belmont ?

Je lui souris malicieusement :

- Si. Je lui ai d'ailleurs fait la même réflexion, à Gisèle. Elle m'a répondu que par précaution, il valait mieux que je change de nom. Si Joseph avait été pris vivant et que par malheur il ait parlé, le nom de Belmont était grillé. Je vous rappelle, père Mathieu, que mon nom complet est de Belmont de Monteil. Je lui ai alors fait remarquer qu'elle s'était trompée : ce n'était pas Montel, mais Monteil. Elle m'a dit qu'elle savait, mais que Monteil était déjà pris, et que pour éviter les confusions, elle avait fait enlever le « i ». Voilà… Bon, on bosse ? Sinon ce soir, on n'aura jamais fini.

Et le soir, l'étang était à peu près propre. Du moins « pêchable ». Dès le lendemain matin au lever du jour, mes lignes trempaient dans l'eau. Le soleil de mai allait illuminer un beau dimanche. Un peu avant midi, Annie arriva chargée d'un panier de victuailles. Un goulot de bouteille dépassait du torchon blanc qui recouvrait le repas :

- C'est gentil, Ninny, de penser à moi…

Elle fit une moue boudeuse :

- C'est pas moi, c'est mémé… Et pis c'est pas tout pour toi : c'est pour nous deux ! Enfin pas le vin, mais le reste.

- Qu'est-ce qu'il y a, ce matin ? Tu t'es levée du pied gauche ?

- C'est quoi, ça, s'lever du pied gauche ?

- C'est une expression pour demander à quelqu'un pourquoi il est de mauvaise humeur. Alors ?

- J'chus pas d'mauvaise humeur ! C'est juste que t'aurais pu m'réveiller pour que j'viens avec toi !

- Ce n'est que ça ? Eh bien tu vois, tu es là. Rien de bien grave. Tiens, prends la petite canne, là.

Elle retrouva instantanément le sourire, prit un ver de terre, l'accrocha, et jeta sa ligne à l'eau. Le silence revint. Après avoir copieusement mangé, la gamine me demanda :

- On va voir l'Eugène, après ?

- Dans un moment, si tu veux.

De toutes façons, j'avais prévu d'y aller, avec ou sans elle. On plia les gaules vers trois heures. On n'avait pas pris grand-chose : une vingtaine de gardons et quelques poissons-chats. Je laissai la bourriche dans l'eau, accrochée à une racine d'arbre. On la récupèrerait en repassant.

Quand nous arrivâmes au château, Eugène était assoupi dans sa bergère. Sur le chevalet, une nouvelle toile était à l'ébauche. Le sujet était toujours le même. Seul le décor changeait. Malgré sa vue déficiente et ses tremblements incessants, le trait d'Eugène conservait toute sa puissance, toute son émotivité. Il ouvrit un œil, esquissa un sourire :

- Excusez-moi... Je vous attendais plus tard. Alors, Jules, prêt pour un autre essai ?

Après avoir serré sa main diaphane, je répondis :

- Oui, Eugène... Merci. Mais cette fois, je choisis mon sujet.

Il retira son œuvre en cours et installa une toile vierge. Pendant que je préparais mes premières couleurs, je demandai :

- Où en étiez-vous resté, la dernière fois, de votre belle histoire ?

- Oh, belle... Oui, elle fut belle ! Pas jusqu'au bout, malheureusement. Mais c'est vrai qu'au début elle fut très belle. Elle est donc revenue le lendemain comme prévu. Toujours les cheveux relevés sous son chapeau de paille. Je le lui fis encore quitter. Je ne me lassais pas de voir retomber la cascade de ses cheveux d'or. Je lui fis adopter la pose que je voulais afin de réaliser la première véritable toile d'elle - que j'ai encore, d'ailleurs : celle qui trône au beau milieu du hall. Pendant que je peignais, je m'efforçai de faire la conversation. Elle me répondait par monosyllabes, au début, craignant sans doute de perdre la pose. Je n'osais pas lui avouer que ça n'avait aucune importance. Je l'aurais peinte les yeux fermés, sans qu'elle soit là. Mais je ne dis rien : elle était là, à ma merci. Je pouvais me repaître d'elle tout mon soûl. J'appris quand même qu'elle était venue à Paris pour essayer de vivre de sa passion : la photographie. Elle me dit aussi qu'elle possédait un château dans la campagne berrichonne, à la limite du Nivernais. J'écoutai à ce moment-là avec peu d'intérêt : je ne connaissais ni le Berry ni le Nivernais.

« Je sus qu'elle habitait un vaste appartement donnant sur la place de la Nation. Comme je lui demandai de quoi elle vivait, elle me répondit sans forfanterie qu'elle avait de quoi faire vivre au moins deux générations. Elle avait vendu toutes les terres de ses parents, sauf celles entourant le château et l'immeuble dans lequel elle vivait ici, n'ayant gardé pour elle que l'appartement. Comme je lui demandais si elle retournait souvent dans son Berry, elle me répondit évasivement qu'elle n'avait pas l'âme d'une châtelaine et que les gens du cru la regardaient bizarrement depuis tous ces malheurs. Elle me raconta comment ses parents avaient été emportés par la grande grippe, puis me dit que le malheur s'était abattu sur sa demeure, mais qu'elle n'aimait pas en parler.

« Ce passage lui ayant fait perdre son sourire, je lui parlai alors de moi, de mon arrivée rocambolesque à Paris, tout en exagérant un peu, et la lumière revint sur son visage. Le jour ayant commencé à décliner, je lui annonçai qu'il faudrait qu'elle revienne encore le lendemain. Nous avons encore dîné dans mon petit restaurant, puis je l'ai raccompagné jusqu'à la place Blanche, où, avant de s'engouffrer dans un taxi, elle a déposé sur ma joue un léger baiser.

« Le lendemain soir, elle n'est pas redescendue. Le surlendemain, nous sommes redescendus tous les deux... pour ne plus nous séparer. Jamais. Nous avions décidé que l'atelier ne servirait plus que d'atelier, et que nous vivrions désormais dans son bel appartement.

« Nous menions grande vie. Elle commençait à avoir une petite notoriété dans le milieu de la photo. Elle vendait maintenant ses clichés facilement. En plus, comme nous étions de tous les évènements parisiens, nous devînmes un couple à la mode. À ce moment-là, je ne voyais vraiment pas ce qui pourrait venir assombrir ce tableau... La première fois que je vins ici, c'était en 25, à l'été. On venait de se marier à la mairie du douzième, avec une fête qui réunit tout ce que Paris comptait d'artistes, du music-hall en passant par le théâtre, le cinéma, la peinture, la photo, la littérature... Mais Édith était bien lasse. Il faut dire qu'elle était enceinte de trois mois...

« C'est drôlement beau ce que tu peins, Jules ! C'est ton père ?

- Non, lui, c'est Joseph !

Annie commenta :

- Il avait des belles moustaches, ton copain ! Mais c'est quoi c'te chapiau ridicule ?

- C'est une casquette... Celle qu'il portait la première fois que je l'ai vu. La veste de cuir aussi. À chaque fois qu'il vient me voir, il est vêtu de la sorte.

- Ah... Oué, j'comprends !

Eugène, lui, n'y entendait rien. Il se permit de demander :

- C'est un ami à toi ? Tu peux lui dire de venir, si tu veux...

- Pas la peine : il est toujours là !

- Comment ça ?

- Oui, il intervient à chaque fois que j'ai une décision à prendre, bonne ou mauvaise. Il ne me lâche jamais !

Ce fut le moment que Joseph choisit pour rappliquer :

- Plains-toi ! Je te tiens compagnie... C'est vrai que maintenant que tu as de nouveaux amis, tu n'as plus guère besoin de moi ! Eh, je suis drôlement beau, là-dessus !

Devant mon air rêveur, Eugène dit :

- Tu n'es plus avec nous, mon gars ?

Annie expliqua :

- C'est pas ça : c'est parce qu'il est là, le Joseph...

Je crus alors bon de me justifier :

- Joseph était mon compagnon de route, celui sans qui je ne serais sans doute pas là devant vous, aujourd'hui ! Maintenant, il fait partie de moi, on est devenus indissociables.

Tout en continuant de peindre, je commençai à lui raconter notre rencontre, notre fuite vers Paris, l'arrivée chez Gisèle. Le temps me manqua pour aller plus avant : l'heure avancée nous obligeait à rentrer. Eugène, captivé par mon récit, nous pria de revenir le plus vite possible, « pour achever cette belle toile ! » prit-il comme prétexte.

Sur le chemin du retour, la petite semblait encore boudeuse. Sans que je lui demande pourquoi, cette fois, elle marmonna :

- Pourquoi tu m'l'as pas raconté à moi, ton histoire ?

- Sans doute parce que tu es encore trop jeune pour entendre de telles horreurs.

- Eh ! faut arrêter de m'prendre pour un bébé ! J'vas avoir treize ans ! Et pis j'aime ça, moi, les histoires... Même si que ça finit pas bien ! De toutes façons, ça peut pas finir bien pisqu'on est tous morts, un jour !

Que répondre à une telle logique ? Rien. Je me tus. Au passage, on récupéra la bourriche, et on rentra les cannes sur l'épaule.

Chapitre XIV

Dans les semaines qui suivirent, nous n'eûmes guère le temps, les uns comme les autres, de continuer à raconter nos vies. D'abord la fenaison : couper, faner, botteler, rentrer. Le père Mathieu avait embauché un journalier supplémentaire pour la saison, si bien que nos pauses déjeuner n'étaient plus aussi intimes. Le soir, vidé, je montais dans ma chambre et m'écroulais comme une masse. Puis vint le temps des moissons. Chez nous et chez les autres. En 1955, le vieux était le seul du canton à posséder une moissonneuse aussi moderne, aussi louait-il ses services à tous les paysans alentour. Les journées étaient interminables, les nuits très courtes, et la fatigue s'accumulait. La seule crainte était les orages. Il n'y en eut heureusement que trois cet été-là, mais d'une violence inouïe. Je profitai de l'un d'eux pour rendre mon unique visite de l'été à Eugène. Je le trouvai prostré sur sa bergère, avec un regard de lapin dans les phares d'une voiture. Comme je lui demandais s'il allait bien, il me répondit qu'à chaque orage c'était la même chose, que je comprendrais quand il arriverait à la fin de son histoire. Afin de lui changer les idées, je continuai la mienne jusqu'à mon embarquement, tout en continuant le portrait en pieds de Joseph. Au moment de partir, il me dit que quand je l'aurais terminé, je pourrais l'emmener dans ma chambre.

Eugène, je ne le revis qu'après le mariage de Germaine. Seul. Annie boudait. Déjà, pendant l'été, elle avait repris ses escapades avec ses deux copains. À part pour aider à empiler le foin et la paille, on ne la vit quasiment pas. Et quand par hasard je la croisais avec ses deux acolytes, si le gros me saluait gentiment, l'autre continuait à me regarder sournoisement sans décrocher un mot.

Mais là n'était pas la cause de la bouderie de la gamine. Non, ce fut pendant le banquet du mariage que les choses se gâtèrent. Déjà pendant la bénédiction à l'église, une bien belle cérémonie, la petite n'était pas peu fière de se pendre à mon bras. Le léger maquillage que Germaine lui avait appliqué faisait ressortir ses jolis yeux verts. La petite robe en cotonnade à fleurs et les légers talons à ses pieds lui donnaient une allure de jeune fille se rendant au bal des débutantes. À la sortie, quand on nous demanda d'entourer les mariés pour une photo, elle se pressa contre moi avec insistance. Après, elle ne me lâcha pas d'une semelle, du vin d'honneur à ce fameux instant du banquet. Pour l'occasion, Mathieu avait fait les choses en grand, louant un parquet-salon afin de recevoir avec faste les cent et quelque convives. Autant pour faire plaisir à Germaine que pour faire taire les mauvaises langues du pays quant au déclin de sa ferme, il avait aussi, à notre grande surprise à tous, acheté une nouvelle voiture. Pas n'importe laquelle: dans le secret le plus absolu, il avait dès juin commandé la Traction 15 chez Azolin, à Sancoins. La grosse, la limousine.

Pour en revenir au banquet, nous arrivions au dessert et Annie avait un peu goûté tous les vins accompagnant le repas. Elle laissa reposer sa tête sur mon épaule. Je la laissai faire, croyant à un moment de fatigue. Au moment où l'une des jeunes filles embauchées pour l'occasion servait le champagne, la petite tourna la tête et m'embrassa dans le cou. Ma réaction fut beaucoup plus vive que je ne l'aurais voulu:

- Eh, ça va pas non ? Tu ne serais pas un peu soûle ?

Prestement, elle se décolla de moi:

- Tu comprends rien, mon pauv'Jules ! Tu comprends pas qu'je t'aime... Mais toi t'aimes personne, à part ton Joseph !

Abasourdi, je m'entendis répondre :

- Mais si, je t'aime moi aussi, Ninny. Tu es comme ma petite sœur... et tu n'as que treize ans !

- M'en fous d'être ta frangine, ça m'intéresse pas !

Elle se leva, embarqua sa chaise et alla s'asseoir près de la mariée. Quand je regardais dans leur direction, elle me lançait des regards foudroyants. Puis, pendant le bal, elle dansa avec tous ceux de l'assemblée en me défiant de ses yeux pourtant si beaux en ce jour. Depuis, elle ne me parla quasiment plus, si ce n'était pour un bonjour du bout des lèvres le matin et un bonsoir avant de monter se coucher. C'est pourquoi je retournai voir Eugène sans elle. S'il fut étonné de me voir seul, il n'en montra rien. Après l'habituelle poignée de main, il enleva sa toile en cours du chevalet afin d'y replacer la mienne, tout en débitant quelques banalités sur le temps, sa vue, et ses tremblements qui devenaient de plus en plus fréquents. Je me décidai à aborder le sujet qu'il avait l'air d'éluder :

- Vous ne me demandez pas de nouvelles de la gamine, Eugène ?

Indirectement, il répondit :

- Elle est passée me voir hier soir, Annie... Avant-hier aussi. Mais je n'ai pas de réponse à ses questions...

- Quelles questions ?

Il réfléchit, semblant chercher ses mots :

- Eh bien, quand elle me demande si je trouve qu'elle est une grande maintenant, je ne peux que lui répondre oui, sans autre justification. C'est vrai qu'elle est en train de devenir une jolie jeune fille... D'ailleurs, tu devrais arrêter de l'appeler « la gamine », Jules.

- Mais...

- Non, écoute-moi : cette petite a une sensibilité à fleur de peau... Elle m'a raconté le... l'incident au repas du mariage. Je ne pense pas qu'elle voulait te gêner. Je ne pense pas non plus qu'elle désirait te provoquer ou quelque chose de ce genre. Je crois qu'elle cherchait juste une promesse pour l'avenir. Un genre d'assurance, si tu veux. Et toi, Jules, n'as-tu pas reculé devant une évidence ? Tu sais, même si mes yeux sont abîmés, je vois encore clair.

Devant un tel discours, je pris mon temps avant de répondre, repensant que Joseph m'avait tenu à peu près le même langage un de mes soirs d'insomnie où j'avais envisagé une fois encore de partir. Il m'avait répondu : « Fuir ? Encore ? Eh bien tu partiras tout seul : moi je reste, et plus jamais tu ne me verras ! » Il avait ajouté : « À force de te boucher les yeux, tu vas devenir aveugle ! » J'avais donc décidé de rester. Un peu encore. Je tentai d'argumenter :

- Mais Eugène, elle n'a que treize ans, Ninny ! On est à la campagne, vous imaginez le scandale si les gens imaginaient n'importe quoi ?

- Elle a treize ans aujourd'hui, oui. Mais dans trois ans, elle en aura seize. Dans cinq ans dix-huit... et ainsi de suite. Quel âge as-tu, toi, Jules ?

- Réellement ? Vingt-cinq...

- Eh bien tu vois, d'ici quelques années, la différence d'âge ne se verra même plus. Maintenant, il faut aussi que tu saches de quelle manière tu tiens à elle... Je vois bien que cette dispute te tracasse.

- Pour vous répondre franchement, je n'en sais rien. Tout ça est confus ! Si d'un côté je suis inquiet de sa réaction, peiné même, d'un autre côté, je me refuse à lui laisser entrevoir quoi que ce soit. Qui sait ce qui peut se passer en attendant que je puisse décemment l'aimer ? On m'a tellement dit que le temps abîmait tout. Si je lui promets quelque chose aujourd'hui, serai-je capable de respecter ma promesse ? Je n'en suis absolument pas sûr. Je préfère qu'elle boude aujourd'hui : ça va lui passer, plutôt qu'elle soit vraiment malheureuse plus tard. Et si je suis vraiment honnête avec moi-même, je dois avouer que ça me coûte !

- Ta position se défend, c'est tout à ton honneur... Tu sais ce que je vais faire, quand elle reviendra ? je vais lui conseiller la patience. Sans lui laisser espérer quoique ce soit. Sans non plus lui faire part de notre conversation.

Juste en lui disant que je ne te sens pas prêt, mais triste de votre… fâcherie.

- Vous avez sans doute raison. C'est vrai que la patience et la diplomatie ne sont pas ses points forts, à la petite… Bon, si vous continuiez à me raconter la vôtre, d'histoire, ça me changerait les idées…

- Je ne sais pas si la suite te remontera le moral. Là où j'en étais resté, on commençait un peu à entrer dans les heures sombres. Comme je te le disais, la première fois que je suis venu ici, ce fut à l'été 25. Et ce n'est pas vraiment un bon souvenir. Le tort qu'on a eu, c'est de descendre en voiture. Et pas n'importe quelle voiture !

- Évidemment, si c'était la Bugatti qui traîne dans la cour ! Enfin, ce qu'il en reste…

- Non, celle-là, c'était bien après. Là, c'était bien pire si j'ose dire. On avait décidé que, dans son état, Édith ne supporterait pas bien le voyage en train. Les wagons Pullman étaient rares à cette époque et sûrement pas affectés sur la ligne qui descendait dans le Berry. On avait donc décidé de se payer une automobile. Une belle qu'on avait repérée en se promenant dans les beaux quartiers. Digne de notre standing, quoi. Elle était magnifique, cette Hispano-Suiza torpédo H6. Quand ils nous virent arriver, les Berrichons, ils ont ouverts grand les yeux. À La Guerche, ils n'en voyaient pas beaucoup, des autos, alors des comme celle-là ! On fut tout de suite catalogués : la comtesse était revenue avec un Parisien riche, elle n'avait pas perdu de temps ! La rumeur fit vite le tour du village en s'amplifiant. On me prêta tous les métiers : industriel, prince russe en exil, diplomate… Certains bruits faisaient même de moi un coureur de dot, quand ils ont su qu'on était mariés. Le plus virulent, c'était Mathieu. Il fallait voir comment il me regardait quand on se croisait par hasard au détour d'un chemin alors que je promenais Igor. Igor, c'était notre chien. Un lévrier afghan : ça non plus, ils n'en avaient jamais vu, par là. Moi, je l'aimais bien, Igor. C'était la seule… personne avec qui je pouvais encore parler russe.

« La première semaine après notre arrivée, on passa notre temps à tout nettoyer ici, à tout remettre en ordre. J'étais obligé de morigéner Édith afin qu'elle se contente de me donner les directives et qu'elle se repose. Peine perdue : elle s'activait autant que moi, si ce n'est plus, aussi bien à l'intérieur que dehors. Ce qui devait arriver arriva : elle s'écroula un après-midi dans la cour, en pleine chaleur. Elle perdait du sang, était exsangue… Je n'eus que le temps de l'installer à l'arrière de la voiture pour la transporter chez le docteur. Malheureusement, elle avait perdu le bébé. Elle en fut très affectée, malgré ma promesse de lui en fabriquer un autre dès que possible. Je ne sais pas si inconsciemment elle avait subi un blocage ou si sa fausse couche avait affecté ses organes, mais elle ne retomba jamais enceinte, à son grand désarroi.

« Après quelques semaines de repos forcé, elle décida de rentrer à Paris, exaspérée de l'attitude des gens du lieu. On reprit alors notre rythme de vie d'avant, moi à l'atelier et elle courant tout Paris à la recherche de clichés mondains qu'elle vendait de mieux en mieux. On ne revint ici que l'été suivant. On avait décidé que ce serait notre villégiature de vacances. Jusqu'à l'été 1930. La grande crise était passée par là, je vendais moins, elle aussi. Financièrement, nous étions à l'abri pour plusieurs générations. On décida alors de vivre à la campagne : Paris deviendrait notre lieu de vacances, et le château notre résidence principale. À mesure que le temps passait, les gens s'étaient habitués à nous. Nous faisions partie du décor. Même la nouvelle voiture, la Royale qui pourrit dans l'herbe, ils s'y étaient habitués. Seul Mathieu continuait à être hostile. Je ne sus vraiment pourquoi que le jour où, énervé après l'avoir croisé et salué, il me répondit en crachant à ses pieds.

« C'en était trop ! Si jusqu'à présent je n'avais jamais soufflé mot de son aversion envers moi à Édith, ce soir-là je lui racontai l'incident. Elle se contenta de sourire en me répondant qu'il était sans doute encore amoureux d'elle, même après tout ce temps. Surpris, je lui demandai s'il avait des raisons d'encore y croire. Là, elle rit franchement en me répondant que non, il n'en avait jamais eu aucune. Après tous les malheurs qui s'étaient produit ici au début des années vingt, il lui avait fait une cour effrénée sans que jamais elle ne lui laisse entrevoir le moindre espoir. Gentiment mais fermement, elle lui avait même dit qu'elle ne passerait pas le reste de sa vie à jouer à la paysanne, même riche.

« J'avais compris : j'étais l'intrus. Je m'étais imaginé alors que le Mathieu possédait un esprit tellement étroit qu'il espérait sans doute me voir quitter les lieux grâce à son comportement de plus en plus agressif. Je me trompais sur au moins une chose : il n'avait pas l'esprit si étroit que ça...

« Bon, Jules : elle prend une belle tournure, cette toile. Encore une ou deux séances et tu pourras l'exposer dans ta chambre. »

J'avais compris le message. Je commençai à nettoyer les pinceaux, à remettre de l'ordre dans les couleurs. Enfin je rangeai mon tableau contre le mur et remis le sien en place. Puis je pris congé, promettant de revenir le plus vite possible. Ce soir-là, le repas fut encore silencieux. Annie ne m'adressait toujours pas la parole, et Germaine n'était plus là pour alimenter la conversation. Seul Mathieu annonça après le fromage le programme du lendemain. Maintenant que tous les champs étaient déchaumés, il fallait passer aux labours. Dans mon lit, Joseph ne vint même pas m'assaillir de questions. Pourtant, on en avait appris de belles, aujourd'hui. Je m'endormis dans un mélange de pensées où se mêlaient Annie, Édith, Mathieu et Eugène, confondant passé et présent. Mais de Joseph, point.

Chapitre XV

Les labours, c'est moi qui m'y collai. Mathieu était bien trop occupé à choyer son nouveau cheptel. Au moins, j'échappais le matin au curage des écuries et le soir à la traite et au fourrage. On ne se vit pas beaucoup en tête à tête, du coup. Pourtant, un matin, il arriva en bordure du champ que j'étais en train de labourer avec un litre de blanc à la main. Il me fit de grands signes, mais attendit quand même que j'aie fini mon « tour » avant de m'arrêter devant lui. Il avait l'air préoccupé :

- Descends donc d'là, et pis sors ton pain et les crottins... J'ai amené c'qui faut pour y mouiller.

Une bouteille de Pouilly. Encore. Que justifiait une telle attention ? Je voyais bien qu'il cherchait à me dire quelque chose. Pendant que j'installais le casse-croûte au pied de la bouchure, il se roulait consciencieusement une cigarette, semblant chercher ses mots. En débouchant le vin, je demandai :

- Alors, qu'est-ce qui vous amène, père Mathieu ?

- Oh, rin... vouaire où qu't'en es, et pis faire une pause...

- Pas à moi : je vois bien que quelque chose vous tourmente.

Biaisant, il aborda le sujet sous l'angle qui l'arrangeait :

- C'est pas gai en ce moment les soirs à la soupe, hein ? Déjà, y'a pu la Germaine, et pis la gamine a cause pu !

- Nous y voilà ! Vous savez bien ce qui s'est passé au mariage… Si vous voulez, je m'en vais demain. Vous verrez qu'au bout de quelques jours elle retrouvera le sourire et la parole, Ninny…

- C'est pas ça que j'veux ! J'ai besoin d'toi ! P't'être que si t'y causais, à la ch'tiote ?

- Pour lui dire quoi ? que je suis trop vieux pour elle ? que je l'aime comme ma petite sœur ? Je lui ai déjà dit : elle n'a pas aimé !

- T'es sûr que tu l'aimes comme une frangine ?… Pas moué ! Écoute ben un vieux gars comme moué : faut pas passer à côté ! Crés moué, l'amour, ça r'passe pas les plats ! Tu t'rappelles de mon histoire, et ben entends la suite, parce que j'y seus été à l'auberge où qu'a m'avait invité, l'Édith. J'étais tellement sûr que c'était dans la poche que j'ai pas su prendre l'train en marche…

- Comment ça ?

- Ben arrivé au dessert, j'y ai dit que si a voulait, on pourrait unir nos affaires, que j'serais heureux si j'pouvais la marier. J'cheus même à peu près sûr que j'y ai dit que j'l'aimais. Mais bon, c'est loin tout ça…

- C'est peut-être loin, mais à vous entendre, on dirait que ça s'est passé hier. Alors, que vous a-t-elle répondu ?

- A m'a r'gardé et pis a l'a dit :

« - Je suis flattée, Mathieu, gênée un peu aussi. Je n'y connais rien en amour, mais je ne crois pas que c'est ce que je ressens pour toi… Pourtant tu es beau garçon, intelligent, attentif. Je suis sûre que tu peux rendre n'importe quelle femme heureuse. Mais pas moi. J'aspire à autre chose. Une fois mes affaires réglées, je vais partir. Je veux réaliser mon rêve. Je veux devenir photographe. Et pour ça, il n'y a que Paris. Le château, je le garde comme havre de paix, maison de campagne pour me ressourcer. Auguste et Francine s'en occuperont très bien… Tu comprends ?…

« A l'avait débité tout ça d'une traite et moi j'savais pas quoi répondre. J'avais envie d'y dire que j'partiras ben avec elle, que j'me feras tout p'tit, que j'm'en foutais d'ses terres et d'tout le reste, qu'a pouvait ben avoir besoin d'moi comme chauffeur, homme à tout faire... Tout ça m'tournait dans la tête, mais pas un mot qu'est sorti d'ma bouche. Du coup, on est sortis d'l'auberge, a m'a bigé sur les deux joues, et pis a l'est partie. Moué, j'cheus resté là comme un con devant la porte. C'te nuit-là, je m'seus dit que j'pourrais toujours y dire chez l'notaire, que j'en voulais pu, d'ses terres, que j'voulais partir avec elle. On devait y aller le vendredi. Ce que j'avais pas prévu, c'était c'qui s'est passé le lendemain. L'Auguste, c'berlaudiot, il était monté sur une échelle pour tailler les branches au-dessus du mur, vers l'portail. J'cheus pas comment qu'c'est t'y qu'il a fait, mais y s'est cassé la gueule et y s'est empalé su'les piques du portail. Mort, le vieux. C'était pas beau à vouaire !

- Eh ben dites donc !

- Attends, tu vas vouaire, c'est pas fini : c'est la Francine, sa femme, que l'a trouvé comme ça. Y paraît qu'a l'a hurlé comme une louve, la mère ! Du coup, Édith a l'est sortie et a l'a vu l'tableau. Y'avait pas de téléphone à ce moment-là. A l'est v'nue cheu nous, et pis on est v'nus l'décrocher avec les deux journaliers qu'j'embauchais à c't'époque. Édith, a l'était partie prévenir le toubib, les gendarmes, tout ça, en vélo. La Francine, elle, a l'était restée assise sur l'vieux banc et a l'arrêtait pas de pleurer. Le soir, le vieux avait été mis dans le hall du châtiau, et la Francine a l'était restée l'veiller le cul sur une chaise, sans rin dire. Après minuit, Édith avait été se coucher. Le lendemain matin, a l'est entrée cheu nous, l'Édith, en larmes, paniquée, essoufflée. Qui donc qui s'passait, encore ? La Guiguitte a l'a fait s'assire sur une chaise et pis a y'a demandé. La demoiselle, entre deux hoquets, a y'a dit comme ça qu'a l'avait pas r'trouvé la Francine su'sa chaise, qu'a l'était pas non pu dans sa chambre, alors qu'a l'avait fait l'tour et qu'a l'avait r'trouvée dans la grange... pendue !

- Non ?

- Ben si : c'est comme j'te l'dis ! Et pis ça a pas été en s'arrangeant. La p'tite demoiselle, a l'était pu bonne à rin !

C'est nous qu'on a été chercher les gendarmes… Obligés, tu penses : une pendue ! Où que ça s'est corsé, c'est quand que j'ai été vouaire l'curé. Il a pas voulu v'nir, c't'harnais-là… Dame, tu penses : une pendue ! Il a dit qu'c'était pas chrétien d's'enlever la vie tout seul, et qu'a passerait pas par l'église, la Françine. Alors là, a s'est fâchée tout rouge, l'Édith ! A l'a dit que pisque c'était comme ça, l'Auguste non pu il irait pas à l'église. Qu'y perdait rien pour attendre, le vieux curé, et qu'a yeu f'rait dire une messe ailleurs, aux deux autres. C'est qu'a les aimait, ceux deux-là. Ils l'avaient quasiment élevée quand qu'a l'était p'tite, avant qu'a parte dans son école de bonnes sœurs. À l'enterrement, y'avait tout La Guerche, et pis même les alentours… Oh, pas tellement par compassion. Plutôt des curieux. Ils la regardaient drôlement, tous, mam'selle Édith. Comme si a l'avait la peste ! Dans l'pays, les mauvaises langues commençaient à dire qu'il était maudit, l'châtiau. Et pis après, tu sais c'que c'est, c'est presque tout l'monde qui pensait ça. Pas moué, j'crois pas à ceux balivernes ! Enfin, pour moué, c'était râpé.

- Pourquoi ? Je ne comprends pas…

- Attends, bouge pas… Le lendemain matin d'l'enterrement, a l'est v'nue cheu nous. A nous a d'mandé, à la Marguerite et pis à moué, si on voulait ben garder son châtiau propre en nous donnant les clés. A partait le soir même. A nous a dit qu'a pouvait pu rester. Nous, on a dit oui… Qui que tu voulais qu'on fasse ? J'allais pas y dire que j'partais avec elle, à ce moment-là. A l'avait pas la tête à ça. J'm'étais dit que j'y d'manderais quand qu'a r'vinrait, qu'a r'vinrait bintôt…

- Et elle n'est pas revenue, c'est ça ?

- Ben non… Enfin pas tout de suite. Au début, on y allait tous les dimanches, avec la Guiguitte. Elle, a faisait l'ménage, et moué j'prenais soin d'la cour, du tour de la bâtisse. Pour le nouvel an, a nous a envoyé ses vœux, la demoiselle, avec des sous cachés dans la carte. Ma frangine a s'est même un peu fâchée, en disant qu'on faisait ça pour rendre service, qu'on était pas ses larbins. Et pis l'année a passé, et pis encore une autre… J'me faisais pu beaucoup d'illusions. Déjà, on y allait moins au châtiau. Tous les quinze jours. Une fois par mois, même après… Comme a r'venait pas, on a fini par pu y aller du tout. Moué, heureusement qu'j'avais les p'tits rouges et les p'tits blancs pour me consoler. En plus, quand qu'j'allais en ville ou au marché, y's'foutaient tous de ma gueule, par-derrière. Tout l'pays savait qu'a m'avait tourné les sangs, l'Édith.

- Moi, à votre place, j'y serais allé, à Paris.

- J'y ai ben pensé, plein de fois… Mais j'avais peur. Peur qu'a m'renvoie cheu moué comme j'étais v'nu… Comme un beurdin, j'me disais qu'a r'vinrait ben un jour, et que là…

« A l'est r'venue pu de quatre ans après, avec l'aut'artisse, là, dans une belle auto. C'est quand qu'a l'est v'nue chercher les clés qu'ça m'a fait l'pus mal. A m'a à peine dit bonjour. La Guitte a y'a dit qu'a l'était désolée, qu'a l'avait pas fait l'ménage depuis un tour de temps, qu'a l'aurait dû prévenir, tout ça. L'Édith a l'a souri en disant que ça avait pas d'importance, qu'a l'allait rester un bon moment pour se reposer vu qu'a l'attendait un p'tit. Alors là, j'ai cru qu'j'allais tourner de l'œil. Pour rin faire vouaire, j'm'étais collé à la fenêtre. Il était pas descendu, l'autre, mais je l'voyais ben quand même. Une espèce de grand maigre mal peigné avec une barbe qu'était même pas une barbe. Quèque poils mal rasés. Blond en plus : devait pas être de par cheu nous, çui-là.

« Le soir à la soupe, j'devais pas être ben vaillant, parce que le p'tiot à la Guitte, que devait avoir dans les dix ans à ce moment-là, y m'a demandé : “C'était elle ton amoureuse, tonton ? » J'l'ai regardé sans rin dire, et la frangine a y a juste dit : « Taise-toi donc ! » A voyait ben qu'ça allait pas, elle.

« C'te nuit-là, j'arrivais point à fermer l'œil. Alors, j'cheus sorti dihors. D'abord, j'ai ravassé dans la cour, pis pu loin. J'te jure que j'ai pas fait exprès d'arriver dans la cour du châtiau. Mais j'y étais. J'aurais ben mieux fait d'rester cheu moué. J'les écoutais qu'ça rigolait là-dedans. Pourtant les portes étaient ben fermées. J'cheus r'parti, doucement, et pis j'ai été à la cave. J'ai bu un p'tit rouge au tonneau, et pis deux, et pis encore…

« C'est la Guiguitte que m'a réveillé c'matin-là. J'étais couché au pied du tonneau. De ce jour-là, j'avais pu goût à rin ! Quand que c'est que j'le croisais, l'autre, là, y m'disais bonjour et moué j'y répondais pas. Manquerait pus que ça ! Et pis y'a eu sa fausse couche, à l'Édith : là, je m'seus dit qu'il était peut-être ben un peu maudit, c'châtiau, quand même. J'ai honte de dire ça à présent, mais j'étais presque content. A l'allait peut-être le virer son blondinet, après ça. Penses-tu ! Y sont r'partis à Paris comme y z'étaient v'nus. Y nous avaient pas laissé les clés, c'te fois. Z'étaient même pas v'nus dire à r'vouaire. Enfin, j'te dis ça… P't'être qu'y sont v'nus quand que j'étais pas là : j'étais bourré du matin au soir, à c't'époque. Par contre, après, je m'seus renseigné. Déjà, j'cheus été au châtiau. Pas besoin d'clés : je l'connaissais par cœur. Y z'avaient laissé des affaires. Là, j'ai su qu'y s'étaient mariés. Et pis lui qu'a l'appelait Eugène, y s'appelait pas Eugène. Y s'appelait Evgueni. C'était un Russe ! Sans doute un qu's'était sauvé quand qu'y sont arrivés les cocos là-bas, que j'me disais. Il avait laissé des peintures aussi. C'étaient toutes des peintures de l'Édith. Putain qu'a l'était belle, là-dessus ! Là, en les regardant, j'crois ben que j'ai pleuré pour la première fois de ma vie d'homme… Tu vois, pour te dire qu'y faut pas laisser passer sa chance. Bon, j'vas y r'tourner, moué. J'vas t'laisser finir ton champ…

Chapitre XVI

J'ai fini de le labourer, ce champ. Puis un autre. Pendant que je creusais les sillons, j'avais le temps de réfléchir à leur obsession, à tous. Pourquoi voulaient-ils à tout prix me caser avec Annie ? Enfin, au moins Eugène et Mathieu qui s'en étaient ouverts sans détours. Marguerite aussi, qui me boudait quelque peu depuis la noce de Germaine. Sans doute croyaient-ils que je préférais des femmes plus ... femmes. L'allusion de Mathieu, en passant de feue la plantureuse Ernestine à la frêle Édith, n'était pas gratuite. Ils n'y étaient pas du tout. Mais qu'ils le pensent, tous, m'arrangeait, me laissait un répit.

Depuis quelques temps, mes rapports à la gent féminine étaient un peu compliqués. Sans relever de la psychiatrie, je savais qu'il me faudrait un bon moment avant de vaincre mes appréhensions. Appréhensions que je trouvais d'ailleurs légitimes au vu de mes dernières déconvenues. Si je leur racontais mon histoire, aux deux vieux, en échange de la leur, je gardais évidemment pour moi certains détails, qui ne nuisaient en rien à la compréhension du déroulement de ma vie un peu aventureuse. Comme par exemple cette veillée d'armes, la dernière nuit avant notre retour en France, avec Gisèle. Me sentant inquiet, elle était venue me demander ce qui me tracassait, si j'avais peur...

Bien sûr que j'avais peur ! Déjà, l'exercice périlleux du parachute en pleine nuit me déplaisait profondément.

C'était ce que j'avais le moins bien maîtrisé lors de ma préparation, le parachute. Mais rien à voir avec ce qui me rendait morose. Hormis mon impatience de voir les nazis débarrasser le plancher, mon idée fixe à ce moment-là était de retrouver Joseph. Je ne savais pas pourquoi, mais je sentais qu'il n'était pas mort. C'était impossible !

Sans doute pour jouer à l'homme, je répondis à Gisèle que non, je n'avais pas peur, que j'avais juste hâte de rentrer afin de savoir ce qu'était devenu Joseph, de le retrouver. Elle me répondit qu'elle me comprenait mais que ce n'était pas la priorité et qu'on ne pouvait rien faire pour lui en l'état actuel des choses, que s'il était encore vivant, il avait sans doute été déporté soit en Allemagne, soit dans une de leurs prisons inviolables en France. Mais elle me dit qu'elle aussi aimerait bien au moins savoir. C'est là qu'en posant sa main sur la mienne, elle ajouta doucement :

- Je comprends la fougue de tes quinze ans, ton innocence face à toutes ces horreurs… On t'a embringué dans une situation qui te dépasse. Mais on n'est pas dans un roman d'aventures où le héros escalade le mur de la forteresse pour délivrer son ami. On est dans la vraie vie, et c'est bien plus compliqué.

Je n'ai rien répondu. J'ai posé la tête sur son épaule. Elle a souri, m'a relevé le menton, a vu mes yeux baignés de larmes, m'a embrassé, m'a fait basculer sur le vieux lit en ferraille… Pour moi, c'était la première fois.

Elle est ressortie sans un mot, se retournant simplement au moment de fermer la porte en m'envoyant un baiser léger du bout des doigts. Je ne la vis pas de toute la journée, le lendemain. Simplement le soir, au briefing, où elle nous donna les instructions pour le vol, tel le chef militaire qu'elle était.

On a embarqué à minuit. L'avion nous a largués à une heure du matin au-dessus de la campagne normande. Ce qui m'a sauvé, cette nuit-là, ce fut ma faiblesse à diriger correctement mon parachute. Je sentais bien que je dérivais mais je n'arrivais pas à redresser mon pépin vers l'objectif et je m'éloignais progressivement des autres. J'avais beau tracter, les commandes ne répondaient pas. Le destin ? Un ange gardien ? Je ne sais pas mais quand le ciel s'est tout à coup illuminé et que la mitrailleuse a commencé à crépiter, je me trouvais vraiment loin du faisceau lumineux. Par contre, je vis parfaitement mes cinq camarades tressauter comme des poupées de chiffons au bout de leurs ficelles sous l'impact des balles. Le même sentiment que le soir de l'embuscade à Paris s'empara de moi : la boule dans le ventre était revenue. Je n'arrivais plus à détacher mes yeux de ce triste spectacle, si bien que je ne vis pas arriver la cime des arbres. Au premier contact, j'ai paniqué et lâché les commandes. Je me suis retrouvé le cul par terre avant de comprendre que les branchages avaient déchiré ma voile. De nouveau, j'étais seul, perdu au milieu de nulle part, avec la crainte de voir débarquer des Allemands à tout moment. Je ne voyais plus la lumière des gros projecteurs. Je n'entendais plus non plus le bruit assourdissant de la mitrailleuse. Un silence pesant régnait maintenant, qui n'était pas fait pour me rassurer. Si je savais qu'on devait rejoindre une ferme vers Pont-L'Évêque, je ne savais pas où elle se situait par rapport à mon point de chute. Je savais juste que j'étais perdu au milieu du Pays d'Auge. Et seul. Je décidai de me débarrasser de mon parachute et d'attendre que le jour se lève. Après tout, j'étais à l'abri dans ce bois.

Au petit matin, j'ai pris la route. À la première ferme, je me suis arrêté. J'ai observé comme on me l'avait appris, puis je me suis approché. Une jeune fille a répondu au léger coup que j'avais donné à la porte. Jolie, malgré l'inquiétude que je pouvais lire sur son visage. Je lui demandai si j'étais bien chez les Guillot. Elle me répondit par l'affirmative, et ajouta que son père n'était pas là, qu'il n'était pas rentré de la nuit. Elle me laissa entrer, et devant un bol de mauvais café, je lui racontai ce que j'avais vécu la nuit précédente. Une grosse dame est alors entrée avec un pot à lait à la main. C'était sa mère. Quand je leur dis que malheureusement elles ne reverraient sans doute jamais leur mari et père, madame Guillot dit simplement : « Je lui avais pourtant dit de pas s'occuper de ça ! », en se laissant tomber sur une chaise.

Je ne pouvais pas les laisser là, à la merci de la moindre descente. Je leur conseillai de prendre quelques effets et de partir avec moi. Je leur demandai aussi si elles ne pouvaient pas me fournir des vêtements moins voyants. Résignées, elles acquiescèrent à toutes mes demandes.

Nous sommes partis à pieds, à travers la campagne. On mettrait le temps qu'on mettrait, mais il fallait qu'on rejoigne Paris. À part ici, c'était le seul autre contact que j'avais...

Cette partie de l'histoire, je la leur raconterai, aux deux autres. Je passerai juste sous silence la nuit avec Gisèle. De même que certains moments avec Christiane, la petite Normande. Ainsi que Jasmine, là-bas au Tonkin. Repenser à ces périodes troubles commençait à me donner le bourdon.

Allez, il y avait bien autre chose à faire. Déjà, lever le soc de la charrue, puis sortir de ce champ et rentrer. Le ciel commençait à être menaçant. Malgré moi, à l'évocation de la petite Christiane, je revoyais notre fuite vers Paris.

Elle dura trois jours et trois nuits, émaillée de longues marches à travers la campagne en évitant tout ce qui était route et village, et de périodes de repos dans des caches improbables, tels de vieilles cabanes de chasseur ou simplement l'abri d'un bosquet. La première nuit, elle m'inonda de questions. Qui j'étais, comment j'étais arrivé là, d'où je venais... sans doute pour tromper sa peine. Sa peur aussi. Elle finit par s'endormir sur mon épaule.

Tandis que je revivais tout ça comme si c'était hier, le tracteur entrait dans la cour et de grosses gouttes commençaient à tomber... Penser à autre chose... Il serait toujours temps d'évoquer ces périodes troubles quand Mathieu ou Eugène me demanderait de continuer mon histoire. Alors que je contournais le puits, Annie sortait de l'étable avec un seau à lait au bout du bras. Elle me fit un petit signe de son autre main en me criant :

- Dépêche-toi, tu vas être trempé !

Serait-elle allée chez Eugène ? probablement. Il faudrait que je profite de sa bonne humeur pour lui parler, dissiper les malentendus. Enfin, si elle y était disposée. Je n'eus pas besoin de stratagème pour aborder le sujet. Ce fut elle qui frappa doucement à la porte de ma chambre, ce soir-là, en demandant :

- J'peux te causer cinq minutes ?

- Vas-y, entre...

Elle pénétra dans la pièce tête basse, s'assit du bout des fesses au pied du lit, et marmonna :

- Excuse-moi pour l'aut'fois. J'ai été bête. Et pis après aussi. Après tout, t'es pas obligé d'm'aimer, toi... Ça suffit qu'moi j't'aime... J'voudrais juste qu'on revienne comme avant.

- Mais je t'aime, Ninny ! Pas comme tu le voudrais, certes.

- J'y sais ben... Justement, moi ça me va comme ça après tout. Et pis peut-être qu'un jour...

- Peut-être. Je n'en sais rien. Le temps nous le dira.

- Oué. Enfin, pas dans dix ans, hein ? Après, j'sera vieille ! En attendant, j'reste avec mes rêves... J'ai le droit d'rêver quand même ?

- Bien sûr. C'est même un des privilèges de ton âge, le rêve. Profites-en, ça ne dure pas ! Bon, si on allait à la pêche demain matin, pour fêter ça ?

- D'ac ! Tu m'réveilles quand que tu pars ?

Nous sommes allés à l'étang le lendemain, puis chez Eugène, qui m'a fait raconter la suite de mon périple, jusqu'à mon arrivée à la porte de la ferme des Guillot, passant sous silence ma nuit avec Gisèle. D'abord parce qu'Annie était là. Ensuite parce que je l'avais décidé depuis longtemps. Je mourais d'envie d'entendre la suite de son histoire, à lui, mais il était temps de rentrer. Ce serait pour une autre fois. J'allais revenir vite : le portrait de Joseph était quasiment achevé et j'avais hâte de le ramener dans ma chambre.

Chapitre XVII

L'hiver passa tranquillement, ronronnant au coin du feu. Annie ne revint jamais sur le sujet de notre différend, et passa un peu moins de temps avec moi. Elle avait renoué avec ses deux copains, et continuait à battre la campagne avec eux.

Mes visites chez Eugène s'intensifièrent, avec ou sans la petite. J'avais ramené mon œuvre dans ma chambre et Joseph trônait maintenant fièrement contre le mur face à mon lit. J'avais entamé une nouvelle toile. Plus dense, plus colorée, puisqu'elle représentait un luxuriant marché dans un village d'Indochine, plein de couleurs et d'épices. À mesure que la scène prenait forme, j'avais la sensation de les sentir. Je n'étais pas le seul, Eugène m'avait simplement dit : « Il sent bon, ce marché ! »

Il avait continué à me raconter son histoire, bien sûr. Il en était encore à ses trois années de bonheur absolu entre 1930 et 33. Leurs allers et retours entre Paris et le château, à lui et Édith, leur amour indestructible, leur voyage en Italie… Il s'attarda longuement sur cette période. Il en avait besoin, pour ne revoir que les belles choses.

Quand le printemps revint, il n'avait pas encore osé aborder cette nuit tragique d'août. Ce ne fut d'ailleurs pas lui qui m'en parla le premier. Ce fut Mathieu, en continuant la sienne, d'histoire. Mais je n'avais que sa version. J'étais impatient de connaître celle d'Eugène.

Mathieu m'avait dit que ce soir d'août il avait cru que la fin du monde était arrivée, tant l'orage qui venait d'éclater était violent. Des grêlons gros comme des œufs de pigeons. Tout était dévasté. Les flammes, il ne les aperçut que quand la pluie commença à se calmer. Elles montaient par-dessus le bois. Ce ne pouvait être que le château. Il me dit encore s'être précipité après avoir demandé à son neveu d'aller chercher du secours à La Guerche. Quand il est arrivé, toute la partie habitée de la belle demeure flambait. Les arbres de la cour aussi. Et toutes les herbes folles. L'incendie avait même gagné la belle voiture stationnée depuis au même endroit. Il me raconta avoir trouvé Eugène assis sur une pierre, hagard, avec des yeux de fou. Son chien, à ses pieds, hurlait à la mort. Il lui a demandé ce qu'il faisait là. Eugène lui a simplement répondu : « Et toi ? » Puis il s'est emporté, a été jusqu'à accuser Mathieu d'être l'incendiaire.

Les secours sont arrivés, ont mis très longtemps à éteindre le feu. Dans la maison calcinée, on retrouva le corps entièrement recroquevillé de la châtelaine, morte. Bien sûr, les gendarmes s'étonnèrent que le peintre fût sain et sauf. Il leur expliqua qu'il était parti derrière son chien que l'orage avait fait déguerpir de peur, et qu'il l'avait retrouvé à la cabane de l'étang. C'est de cet endroit qu'il avait vu monter les flammes. Il était revenu en courant. Trop tard : on ne pouvait déjà plus entrer, tant la fumée était dense. Le feu sortait par tous les orifices de la bâtisse. Il demanda aux gendarmes s'ils allaient faire une enquête, ce à quoi ils répondirent :

- Quelle enquête ? La foudre est tombée sur votre château, c'est tout !

Il entra alors dans une colère noire et chassa tout le monde de l'endroit, insultant tous ceux qui essayaient de le raisonner. Mathieu me confia que lui était resté dans un coin, à observer la scène. La situation l'avait complètement dessoûlé, lui qui à cette époque passait le plus clair de son temps à la cave. Quand ils furent tous partis, il s'avança vers Eugène en lui demandant pourquoi il avait demandé une enquête. Bizarrement, il ne le vira pas, répondant que la foudre ne pouvait pas être seule responsable d'un tel désastre.

Les deux hommes firent le tour de la propriété, en silence. Mathieu m'avoua qu'il avait sûrement raison, Eugène. On aurait bien dit qu'il y avait plusieurs départs de feu. Mais impossible de constater quoi que ce soit, maintenant, après le passage de la pluie. Ils se rendirent quand même tous les deux à la gendarmerie, mais furent éconduits avec la menace de finir au ballon. Ivre de rage, Eugène demanda à récupérer le corps de sa femme, puis il la fit inhumer dans le caveau familial, seul. Il avait fait savoir à toute la population que si « un seul de ces sauvages approchait du cimetière, il le ferait sortir à coup de fusil », selon son expression. Et Mathieu me confirma que quand le corbillard sortit du chemin par la route, ce fou de peintre avait bien son arme dans le creux du coude.

Ensuite, après les formalités notariales d'usage, il était reparti avec son chien, par le train. Mathieu ne pensait alors jamais le revoir. Il me raconta encore que c'est à partir de ce jour-là qu'il cessa de se soûler tous les jours. Pensant que l'artiste ne reviendrait jamais, il nettoya même les abords du château, dégageant le bois calciné et débarrassant la cour de tout ce qui portait trace du drame. Il n'y a que la belle Bugatti réduite à l'état de carcasse qu'il n'osa pas toucher.

Voilà où il en était de son histoire, en ce début de printemps. Il me fallait bien la version d'Eugène, maintenant, pour vraiment comprendre. Comprendre aussi l'absurdité de cette situation qui avait fait du peintre un ermite. Il y avait un an que j'avais débarqué, et ma curiosité me forçait à rester encore. Étaient-ce mes anciennes fonctions qui m'incitaient à toujours vouloir aller au fond des choses ? Je ne le savais pas exactement, mais je sentais que tout n'avait pas été dit. Quand Mathieu m'avoua avoir cessé de boire du jour au lendemain, je lui demandai simplement si c'était le remords qui l'avait guéri. Il me répondit :

- D'abord, j'étais pas malade, et pis j'te dis qu'c'est pas moué qu'a foutu l'feu, boug'd'âne ! Tu comprends donc rin ?

Je lui avais alors demandé s'il avait une idée de l'identité du pyromane. Il me répondit qu'il avait mieux qu'une idée, mais que je pouvais toujours me gratter pour qu'il me dise quoi que ce soit de plus. S'il n'avait rien dit à Eugène depuis toutes ces années, ce n'était pas pour me le dire à moi aujourd'hui. Moi, j'étais un obstiné : dix ans dans la police militaire m'avaient appris la patience. Un jour, je saurais !

Chapitre XVIII

C'était donc là que s'arrêterait son histoire, à Mathieu. Enfin presque. Il répondit enfin à la question que je lui avais posée il y avait un peu plus d'un an maintenant :

- T'as compris pourquoi que j'cheus pas marié, à présent ?

Il ajouta encore :

- Me r'garde pas comme ça : quand qu'j'avais... comme un besoin, y'avait des maisons faites pour ça à l'époque. À Bourges, vers la caserne, à Nevers aussi. À présent, j'm'en passe. À mon âge, on a aut'chose à penser.

J'étais persuadé que je n'obtiendrais rien de plus. Il me fallait maintenant compter sur Eugène pour combler les espaces vides. Bien sûr, j'aurais pu insister sur des points que je ne comprenais toujours pas. Comment Eugène pouvait-il vivre en une telle autarcie ? Qui s'occupait de sa « survie » dans la vieille demeure, puisqu'il n'en sortait jamais ? Pourquoi seule Annie trouvait grâce à ses yeux ? Mais je sentis qu'il fallait que j'en reste là. Dans les propos du vieux paysan, il était sous-entendu que c'était maintenant le rôle d'Eugène de me raconter la fin. Par contre, lui était impatient d'entendre la suite de mon périple. J'en étais resté à notre retour à Paris.

Une fois la mère de Christiane à l'abri, j'avais tenté de savoir ce qu'était devenu Joseph. Mon contact sur place activa tous ses réseaux, mais n'obtint rien de probant.

Je sus juste qu'il n'avait pas été déclaré décédé. J'appris aussi sa véritable identité, son grade, et un bout de son histoire. Il s'appelait réellement Jean-Joseph Tranois. Il en était déjà à son deuxième conflit, puisqu'ayant participé à la guerre d'Espagne en tant que volontaire. Il en était revenu, et avait réintégré sa place à l'usine, quai de Javel. Révolutionnaire infatigable, il se battait plus pour la liberté que pour le drapeau français. Il aurait agi de la même façon quel que soit le pays agressé. Quand il avait été pris, il était le chef d'un des plus grands réseaux parisiens de résistance, avec le grade de commandant des Forces Françaises. Mais nul ne savait où il avait été emmené. Seule certitude : il n'était plus à Paris. Avait-il été mis au secret dans une de ces forteresses que les Boches occupaient en France, ou simplement envoyé dans un de ces camps réservés aux communistes et dont on ne savait encore pas grand-chose ? Je réussis néanmoins à obtenir que le responsable des renseignements ici me promette de ne pas lâcher l'affaire. Pendant ce temps, je continuais à effectuer des missions là où j'étais le plus fort : glaner des renseignements en me contentant de tendre l'oreille.

À ce moment de mon récit, je fus surpris d'entendre le père Mathieu me demander :

- Et ta copine dans tout ça ?

Je biaisai :

- Ma copine ? Quelle copine ?

- Et ben l'aut'là, la Normande. J'cheus pu comment que tu l'appelles ?

- Ah, Christiane… Copine si on veut. À notre arrivée à Paris elle servait d'agent de liaison au groupe. Mais ça ne lui suffisait pas. Depuis que son père avait disparu, elle ne rêvait que d'une chose : le venger. Pour ça, elle voulait bouffer du Boche. Sans cesse, elle me demandait quand elle pourrait participer à de véritables opérations. Je contournais à chaque fois sa demande en lui affirmant que je n'étais qu'un maillon de la chaîne, que je ne décidais rien. En juin, les Alliés ont débarqués, comme vous le savez, et ont commencé à marcher sur Paris. Dès que possible, sa mère est rentrée dans sa ferme, là-bas dans le Pays d'Auge. Je lui ai alors suggéré d'en faire autant. Elle m'a répondu que tant qu'il resterait ne serait-ce qu'un Allemand en France, elle continuerait à se battre...

- Tu voulais qu'a rentre ? Ça t'aurais rin fait d'la voir partir ?

Où voulait-il en venir, le vieux grigou ? Que voulait-il me faire dire ?... Oui, j'aurais aimé qu'elle retourne à la ferme, afin de préparer le projet qu'on avait pour l'après. Se marier, reprendre la ferme de ses parents. Mais elle m'avait rétorqué que justement on aurait tout le temps pour ça après. Et qu'elle ne me quitterait jamais plus d'une journée. Mais ça, je ne lui dirais pas, à Mathieu. Ni à lui ni à personne. J'adaptai donc ma réponse :

- Pourquoi voulez-vous que ça me fasse quelque chose ?

- Parce que comme t'en causes, j'sens ben qu'tu l'aimais ben... On m'la fait pas !

- Oui, bon : on a eu un petit béguin... Mais si je vous dis que j'aurais préféré qu'elle parte, c'est que j'avais mes raisons... À mesure que les Alliés avançaient, la panique s'emparait de l'occupant. On sut que von Choltitz avait reçu l'ordre de détruire Paris. Nous, les résistants sur place, on avait commencé le travail de sape. Chaque membre était maintenant armé. On avait reçu l'ordre d'affaiblir les Allemands en s'attaquant à des points stratégiques de la capitale. Christiane ne vit jamais Paris libre : elle tomba sous les balles d'un tireur embusqué rue de Rivoli, fin juillet, avec plusieurs autres camarades. C'était le prix à payer...

- Et pis toué ?

- Oh moi, je la vis, la Libération... Je fus même décoré, puis élevé au grade de capitaine... Capitaine à quinze ans, vous vous rendez compte ? Ça me rappelait le titre d'un roman de Jules Verne que j'avais lu quand j'étais encore un enfant, chez mes parents. Ceux qui m'ont donné cette distinction croyaient que j'avais dix-neuf ans, au vu des papiers qui en attestaient depuis mon premier passage à Paris.

- Et ton p'pa et ta m'man justement… T'as jamais eu de nouvelles ?

- Oh si ! Plus tard, j'ai voulu rentrer, pour quelques jours. Mais là il est tard, père Mathieu, il faut qu'on rentre à la soupe, sinon on va se faire engueuler.

Revint la saison des foins. Bien que Mathieu ait embauché un saisonnier, Annie continuait à aider. Quand je la regardais empiler les bottes là-haut sur la remorque, je n'arrivais plus à voir la petite fille que j'avais connue un peu plus d'un an auparavant. Elle avait pris de jolies formes, avait grandi, aussi. Pour dissimuler mon trouble, je continuais à me comporter comme avant. Mais elle n'était pas dupe, et esquissait un sourire en coin quand mes yeux se posaient sur elle. Un soir qu'elle était bien fatiguée, en haut du fenil, les mains marquées par les ficelles des lourdes bottes, elle se laissa tomber dans le foin en lâchant :

- Faudrait une drôlement bonne raison pour que j'fais ça toute ma vie. J'en ai marre ! J'crois ben que j'vas faire comme y dit, Pierrot. Parce que lui, y s'ra ajusteur, et pis il ira travailler aux Ateliers à La Guerche. Et pis on va s'marier, comme ça j'aura une maison normale, sans vaches, sans foin, sans paille, avec une machine à laver et pis un Frigidaire ! Et pis le dimanche, on pourra aller au tiercé et pis à l'apéro. Rien à curer. Et pis l'été on aura des vacances…

- Et toi, que feras-tu ?

- J'chais pas… Dactylo, comme y dit, tonton. Et pis si j'y arrive pas, eh ben j'irai à l'usine, moi aussi. Y'a plein de femmes qui y travaillent. Et pis après, j'fera des bébés, ça m'occupera !

- Et tes rêves d'artiste ?

- Eh ben j'y fera pour m'amuser… J'aura ben le temps !

Cette conversation m'avait remué. Était-ce de la provocation pour me faire réagir ou le pensait-elle vraiment ?

En tout cas le Pierrot avait posé ses jalons. Ce soir-là, Joseph m'avait visité en disant :

- Tu ne vas pas la laisser faire ça ?

- Et que veux-tu que j'y fasse ?

- Lui dire que tu l'aimes, bougre d'idiot !

- Elle a à peine quinze ans, y'a pas le feu…

- Tu ne veux rien comprendre. Méfie-toi, elle est capable d'agir par dépit. En tout cas, je ne vois pas pourquoi tu viens me demander si tu n'en fais qu'à ta tête. Encore une fois !

Il tourna les talons et disparut. Je comprenais son énervement. Mes hésitations lui avaient déjà fait perdre la vie, alors… Mais s'il y en avait un qui pouvait comprendre, c'était bien Joseph. Il savait, lui.

Il me restait à prendre l'avis d'Eugène. Difficile. À chaque fois que je m'y rendais, Ninny m'accompagnait. Il me fallait trouver un subterfuge afin de rester seul avec lui. L'occasion se présenta en ce dimanche de début d'automne, alors que je mettais une dernière touche à mon *Marché Tonkinois*. Durant mes derniers coups de pinceau, je lui avais dit être au courant de l'incendie et du grand malheur qui l'avait frappé. Il m'avait répondu que je ne pouvais pas tout savoir. Qu'il était sûr que quelqu'un avait volontairement allumé le tas d'immondices entreposé derrière, vers la porte de service. C'était évident, il aurait fallu être aveugle pour ne pas s'en rendre compte. Mais tout le monde s'en foutait à l'époque, surtout les autorités. Vu que la foudre était de toute façon tombée sur le château ce soir-là, ça leur suffisait.

Sincèrement, Eugène pensait que personne ne l'aimait dans le pays, et que l'incendie avait eu pour but de le faire déguerpir, définitivement. C'était en partie pour ça qu'il était revenu. Pour les emmerder, tous ! Il avait tout vendu, à Paris : l'atelier, l'immeuble de la Nation… Il finirait sa vie ici, auprès de celle qu'il aimait.

Bizarrement, un seul homme avait abondé en son sens à ce moment-là. Mathieu. D'ailleurs, son comportement avait changé du tout au tout, du jour au lendemain. Après tout, ne vénéraient-ils pas la même femme ? Il fut le seul depuis le drame à avoir accès à la propriété, tous les autres risquant une volée de plombs. Ce n'étaient pas des paroles en l'air, puisque certains qui s'y étaient aventurés en avaient été quittes pour une belle frayeur, le peintre se contentant en guise d'avertissement de tirer en l'air.

Au début, les deux hommes parlaient de cette soirée tragique d'août, de toutes ses incohérences. Eugène était même à peu près sûr que Mathieu connaissait l'incendiaire, lui ayant posé une seule fois la question. Mais il respectait son mutisme. C'était si loin, tout ça, maintenant. La question qui me brûlait les lèvres fusa :

- Alors, si je comprends bien, c'est lui qui vous a ravitaillé durant toutes ces années ?

Le vieil artiste sourit :

- Bien sûr ! Qui d'autre ? Mais ce n'est un secret pour personne. Il n'y a encore que lui pour prendre toutes ces précautions, venir en cachette, entretenir le mystère. Je le laisse faire : ça m'amuse ! D'ailleurs, outre les produits de sa ferme, il ne va jamais faire mes courses à La Guerche. Tout vient de Sancoins… Tu sais, il a fait bien plus que ça pour moi. Durant la guerre, c'est lui qui a empêché les Allemands d'investir le château, en leur disant que ce n'était plus que ruines, et que tout risquait de s'écrouler depuis l'incendie.

Quand même un peu surpris par ses révélations, je demandai encore :

- Mais quel intérêt avait-il ?…

- De l'intérêt ? Mathieu ?… Aucun ! Je le connais bien, maintenant, le vieux bougre. Le mot « intérêt » ne fait pas partie de son vocabulaire. Le seul qu'il eût pu avoir, c'est de contempler mes toiles. Même s'il s'en défend bec et ongles, Mathieu est un esthète. Lui n'a jamais cessé de me répéter que ce n'est pas mon talent qu'il admire, mais uniquement le sujet de mes tableaux. Je n'ai jamais été dupe : bien sûr qu'il aimait Édith autant que moi. Mais je sais déceler l'émotion dans l'œil des gens, et quand par hasard je m'aventurais à peindre autre chose que notre bien-aimée, son regard était tout autant admiratif. Autant que le mien peut l'être devant ce merveilleux marché exotique !

C'était vrai que je n'étais pas peu fier. Les couleurs bigarrées de tous ces fruits, toutes ces épices, tranchaient avec les toiles tout en nuance d'Eugène. Elles apportaient de la vie là où elle s'était mise en sommeil depuis trop longtemps. Le vieil ermite ajouta :

- On va la laisser sécher, et tu pourras l'emporter.

- Où voulez-vous que je la mette ? Ma chambre va devenir un véritable musée, si je continue. Elle pourrait rester ici, ce n'est pas la place qui manque !

- À ta guise. C'est toi qui décides…

Annie, assise sur son éternelle marche, dominait la situation sans en perdre le moindre mot :

- Moi j'la veux bien pour ma chambre ! Faut juste que j'fais d'la place !

Je lui souris :

- En voilà une bonne idée ! On reviendra la chercher demain soir. Je serais à ta place, j'irais tout de suite ranger un peu.

Elle sauta à terre, plaqua une bise sur la joue d'Eugène, et demanda :

- Tu viens Jules ?

- Va, je te rejoins… Je vais aider Eugène à tout remettre en place.

Elle partit en sautillant, ravie de son acquisition. Il fallait maintenant que je prenne l'avis du vieil homme. Il y avait longtemps que nous n'avions pas été en tête-à-tête, et il était possible que ça ne se reproduise pas de sitôt. Il me devança avant que j'aie pu émettre le moindre son :

- J'ai compris le subterfuge. Tu voulais qu'on parle tous les deux, hein ?

- Ben, oui…

- Je sais aussi de quoi tu veux me parler : Mathieu s'en est déjà ouvert à moi. Il aimerait bien, je crois, te voir entrer dans sa famille. On en a discuté longuement et je pense avoir compris tes craintes. Tu n'oses pas vaincre le signe indien. Tu te dis : « Jamais deux sans trois… »

- Hein ? Je ne comprends rien, là…

- On n'est pas dupe, Jules. Ni Mathieu ni moi. Quand tu nous racontes ton périple, on sait bien que tu ne nous dis pas tout. Seulement on sait lire entre les lignes. Simplement, la façon dont tu en parles… ou dont tu n'en parles pas… que ce soit Gisèle ou ta petite Normande, les deux femmes que tu as aimées ont disparu tragiquement. Voilà pourquoi tu te dis « Jamais deux sans trois… »

- Vous n'y êtes pas du tout. Il y en a eu une troisième. Jasmine, là-bas en Indochine. Disparue elle aussi. Je vous raconterai, mais pas aujourd'hui. En plus, je ne suis pas superstitieux. Je suis simplement rationnel : je constate les faits. Et ils ne plaident pas en ma faveur.

- Mais tu l'aimes la petite, oui ou non ?

- Je n'en sais rien… Oui, bien sûr que je l'aime. Mais sans doute pas comme elle le voudrait.

- Écoute : moi aussi je peux être rationnel… Pour que tu hésites autant à franchir le pas, je me dis qu'il n'y a qu'une raison : tu veux la protéger. Et si tu veux la protéger, c'est bien qu'elle ne t'est pas indifférente.

- Raisonnement qui se tient. Basique, mais qui se tient… Ce n'est peut-être pas aussi simple !

- Je vais te proposer quelque chose… Tu veux bien la prendre comme modèle pour ta prochaine toile, Annie ?

- Il y a longtemps que j'y pense…

- D'accord ! Après, je te donnerai mon avis. Mais je suis à peu près sûr du résultat.

Chapitre XIX

L'automne passa mollement. Vinrent l'hiver et les longues périodes passées avec Mathieu à des travaux d'entretien qui ne nécessitaient aucun empressement. Comme il n'avait plus grand-chose à m'apprendre, c'était lui qui me faisait parler. Avancer dans ma peu glorieuse histoire. De lui, j'eus seulement sa version du retour d'Eugène, qui, selon lui, ne devait être que provisoire. Du provisoire qui dure... Le récit du vieux paysan différait légèrement de celui du vieil artiste. Il me raconta avoir eu pitié de cet homme inconsolable, et finit par me dire simplement :

- J'allions pas l'laisser crever sur place, hein ?

Voilà, le chapitre était clos. Il ne me dévoilerait rien de plus, ni sur les véritables raisons de l'incendie ni sur ses réelles motivations à aider le vieux Russe. C'était maintenant à moi de poursuivre.

Quand Christiane a disparu, j'avais plus que jamais une seule idée en tête : retrouver Joseph. Mes réseaux d'informateurs s'étoffaient, mais toujours rien : on perdait sa trace le soir même de son arrestation. Une chose était sûre : il avait été pris vivant.

Et puis j'ai eu cette permission. Je suis rentré à Reuilly. Dans la cour de la ferme, rien ne bougeait. Déjà, en traversant le village, des regards curieux m'avaient scruté au passage. Sans doute la voiture ornée d'une cocarde les avait-elle impressionnés ? J'entrai dans la cuisine pour trouver ma mère prostrée sur sa chaise. Elle ne sauta pas de joie. Levant juste le regard, elle lâcha :

- Ah, c'est toi ? Tant mieux…

Je m'étais approché d'elle. Elle avait levé la tête pour me rendre mollement ma bise. Elle ne paraissait même pas étonnée de mon uniforme. Quand je lui demandai où était mon père, elle me répondit qu'il avait anticipé le sort que lui réservaient « ces voyous des FFI », qu'il s'était donné un coup de fusil dans la bouche, qu'on l'avait enterré depuis dix jours maintenant. Et que « ces voleurs de soi-disant résistants » avaient pillé la cave, vidé les cuves, tout saccagé, quoi.

Elle se leva, sortit un bol du placard, attrapa la cafetière sur la plaque presque rouge de la cuisinière et me versa un jus bien noir sans même me demander. Je l'avalai en silence. Des pensées contradictoires m'envahissaient : était-on en train de chasser une bande de tortionnaires pour laisser la place à d'autres qui ne valaient pas mieux ? Que devais-je faire, maintenant ? Maman, en rompant le silence, motiva ma décision :

- C'est bien que tu sois revenu… Il y a du travail ici, tu vas pouvoir m'aider.

Pas un mot sur ce qui m'était arrivé, sur cet uniforme que je portais, sur le soir de ma disparition. Toujours aussi âpre au gain, maman, ne s'occupant que de sa personne. Je n'étais à ce moment, qu'elle pensait providentiel, que deux bras supplémentaires pour remettre la machine en route. Je me contentai de lui répondre :

- Pas tout de suite, maman… J'ai encore des choses à faire. La guerre n'est pas finie.

Puis je lui demandai s'ils s'étaient inquiétés de ma disparition, ce fameux soir. Elle me répondit qu'évidemment mon père était allé à la gendarmerie pour signaler ma fugue, c'est le mot qu'elle a employé, mais aussi pour porter plainte pour le vol des deux vélos. Les vélos, dans sa bouche, avaient plus d'importance que moi.

Étant maintenant persuadé du peu d'intérêt qu'elle me portait, je suis sorti. J'ai fait un détour par le cimetière pour quand même me recueillir devant le caveau familial, puis je suis rentré à Paris. Sur le chemin du retour, je n'avais plus qu'une idée : changer d'affectation. J'allais demander en haut lieu ma mutation dans la police militaire. Je me voyais déjà en justicier, empêchant toutes sortes d'exactions et de représailles, après ce que j'avais découvert dans mon village. On idéalise beaucoup, quand on a à peine seize ans.

Je l'ai bien obtenue, cette mutation. Mais les états-majors continuèrent à me confier des missions là où ils me considéraient le meilleur : le renseignement. J'avais toujours cette faculté à me fondre dans la masse, à écouter sans éveiller le moindre soupçon. De ce fait, dans les six mois qui suivirent, je ne fus que surexposé à tous les dangers. Toujours devant les troupes libératrices, à informer, à guider...

Je vis à cette période les pires horreurs, les scènes les plus sanglantes, les plus absurdes aussi, que ce soit d'un côté ou de l'autre. Des amis qui, après la libération de Paris, s'étaient engagés pour finir de libérer le pays, j'en ai vu disparaître plus d'un.

À mesure que nous avancions vers l'est, mon réseau s'effilochait. Et toujours aucune nouvelle de Joseph. Il me fallut attendre janvier 45 pour qu'enfin une lueur d'espoir renaisse. Alors que je bivouaquais avec un groupe dans la banlieue de Nancy, un de mes camarades des barricades parisiennes revenait sur le front après une blessure à l'épaule. Il avait été soigné par un infirmier à Toul, dans un hôpital de fortune aménagé dans une ancienne école. Le dit infirmier correspondait en tous points à la description que je lui avais faite. De plus, il se faisait appeler Joseph.

Le temps de refaire la route dans l'autre sens, l'infirmier avait été affecté à un autre Hôpital de campagne, plus avant dans les lignes. À Jœuf. Quand je le vis de dos, penché sur un lit à fermer les yeux d'un pauvre gars qui n'avait pu en réchapper, je sus que c'était lui, malgré la blouse blanche maculée et trop grande, malgré des épaules affaissées et amaigries, malgré l'épaisse barbe envahissant son visage. Il se retourna, sentant sans doute ma présence, et un large sourire se dessina à travers sa barbe. Il dit simplement :

- Oh, Jules ! T'es vivant ?

Puis il me serra contre lui en ajoutant :

- Pardon, gamin… Pardon de t'avoir entraîné là-dedans !

On alla s'asseoir dans ce qui lui servait de salle de repos, et il me fit raconter comment j'en étais arrivé là. Je dus lui avouer la disparition de Gisèle, au milieu de mes péripéties. S'il en parut affecté, aucune colère ne sembla l'animer. Je le trouvai même fataliste à cet instant. Un ressort s'était cassé. Plus rien à voir avec le Joseph intrépide, fougueux et presque inconscient que j'avais connu l'espace de quelques semaines. Néanmoins, il me félicita pour mon ascension rapide et pour ma détermination intacte. Je lui répondis que j'avais avant tout été guidé par l'obsession que j'avais à le retrouver.

Ensuite, ce fut à son tour de me raconter. Le soir où il avait été pris, il avait bien reçu une balle dans la cuisse. Heureusement, elle n'avait fait que traverser le gras sans rien toucher de vital. Ni os ni veine ni artère. Par chance encore, elle était ressortie. Il me dit ensuite avoir été emmené rue des Abbesses. De ça, il se souvenait parfaitement. Il avait été… interrogé durant de longues heures ce premier jour, à l'aide de méthodes qu'il qualifia de musclées, sans me donner plus de précisions. Il se contentait de répondre inlassablement :

- Jean-Joseph Mounicot, ouvrier métallurgiste, quai de Javel, Paris.

Et quand on lui demandait ce qu'il faisait dans cette rue, il avait trouvé un leitmotiv qu'il serinait sans cesse :

- Je me bats pour la justice et la liberté.

Il était incapable de me dire combien de jours il était resté là. À force de souffrances, il avait perdu toute notion de temps. Il se rappelait encore avoir été transféré en un autre lieu, plus austère encore, mais il m'avoua ne pas avoir reconnu l'endroit. Sans doute une ancienne prison, puisqu'il y était détenu seul dans une petite pièce sordide sans fenêtre, sans même une paillasse. Il n'avait aucune idée du temps qu'il y avait passé. Par contre, les interrogatoires s'étaient espacés puis avaient même complètement cessé. À part un gardien qui lui portait chaque jour, supposait-il, un broc d'eau et une gamelle de soupe infecte, il ne vit personne durant une période qui lui sembla une éternité. Un matin, il fut embarqué dans une voiture, encadré de deux soldats allemands. À l'avant, outre le chauffeur, avait pris place un jeune officier de la SS. Sans qu'il demande quoi que ce soit, le jeune homme lui avait lâché simplement dans un français guttural :

- C'est la fin du voyage, monsieur Mounicot...

La voiture circulait maintenant sur les routes de l'Est de la France. Joseph avait bien resitué la banlieue et se rendait maintenant compte de leur direction... L'Allemagne, bien sûr. Mais pourquoi l'emmenaient-ils seul dans cette voiture ? Pourquoi ne l'avaient-ils pas expédié dans une charrette à l'arrière de ces sinistres camions bâchés comme tous les autres ? Avaient-ils découvert l'importance du rôle qu'il jouait dans la résistance ?

Il n'eut pas le temps de répondre à toutes ces questions. Une explosion sur le côté de la Mercedes lui fit faire une embardée puis partir sur les portières. S'ensuivirent plusieurs rafales de mitraillettes. Les deux motards qui ouvraient la route n'eurent même pas le temps de faire demi-tour. Dans la panique, l'officier et les deux gardiens donnaient de grands coups de pieds dans les vitres afin de se libérer de l'amas de tôle. Le chauffeur était mort. Quand il réussit à s'évacuer par le pare-brise avant en miettes, le jeune officier fut cueilli par une nouvelle rafale. Les deux autres ripostaient du mieux qu'ils le pouvaient, mais finirent par abdiquer en jetant leurs armes et en levant les mains.

La voiture commençait à flamber. Joseph, lui, n'avait pas bougé. D'abord, il ne sentait plus son épaule. Elle devait être cassée. Mais surtout, il avait décidé que les deux autres étaient son meilleur bouclier. Six hommes firent irruption autour du véhicule, armes à la hanche, et furent surpris de trouver Joseph prostré au fond de l'épave. Après l'en avoir extrait, ils l'écoutèrent sentencieusement puis le conduisirent chez un médecin de Bar-le-Duc. Là seulement, il apprit qu'on était le 1er juin.

Il fut soigné de sa fracture, rencontra les responsables de la section locale, et apprit de leurs bouches l'imminence du débarquement américain. Impuissant à faire quoi que ce soit, il se laissa soigner et reprit des forces tout en suivant les évènements par l'intermédiaire des résistants du lieu. Il se noua entre le médecin et lui une solide amitié, si bien que quand ce dernier partit ouvrir des hôpitaux de campagne derrière les forces de libération, il le suivit sans hésiter. Après tout, n'avait-il pas suivi des cours de premiers soins, à l'usine ? Il fallait bien que ça serve un jour.

Voilà ce qu'il me raconta. Voilà comment il en était arrivé là. À compter de ce jour, on se promit de ne plus se perdre de vue, de ne jamais rester plus de vingt-quatre heures sans nouvelles l'un de l'autre.

Dans les mois qui suivirent, Joseph avait souhaité continuer avec son ami le docteur. Après la libération de Colmar, nous étions rentrés à Paris. J'avais convaincu Joseph d'aller revendiquer ses droits auprès des autorités compétentes. Il retrouva naturellement son grade de commandant avec la solde qui y était attachée. Il demanda à être versé dans un régiment sanitaire afin de pouvoir continuer à œuvrer au sein des hôpitaux de campagne. On ne pouvait pas refuser grand-chose à un homme qui s'était battu dans l'ombre depuis plus de quatre ans. Il fut nommé administrateur des dits hôpitaux, mais continua après notre retour sur le front à soigner les blessés et à aider son ami médecin. Quant à moi, les missions d'infiltration n'étant plus nécessaires, je pris le commandement de la police militaire française sur place.

À part régler quelques litiges et veiller à ce qu'aucun abus ne reste impuni, ma mission s'avérait plutôt tranquille et me laissait du temps à passer avec Joseph. Certains soirs, on essayait de refaire le monde, pour après. On se demandait si les hommes allaient tirer leçon de toute cette folie. Moi, jeune et optimiste, j'en étais convaincu. Joseph, lui, restait sceptique. Il demandait à voir.

Quand enfin le pays fut complètement libéré et l'armistice signé, nous sommes revenus à Paris, lui au Val-de-Grâce, moi à Vincennes. J'étais maintenant un officier reconnu et respecté. Avec Joseph, on regardait la société se reconstruire avec bien sûr ses petits travers, surtout politiques... Joseph veillait au grain. Il m'avoua s'être battu pour la liberté, pour l'égalité des chances. La France ? Il s'en fichait un peu. Il avait trop souvent entonné *L'Internationale* pour s'arrêter à ça. Il restait profondément attaché à ses convictions communistes, même si l'attitude de Staline en ces temps de partage du monde l'agaçait un peu...

Voilà où j'en étais resté de mon histoire en cette fin d'hiver 56-57, avec le père Mathieu qui m'écoutait sentencieusement les matins au casse-croûte. J'en étais aussi resté là de mon histoire chez Eugène, les soirs où nous allions le visiter avec Annie. Pendant que je racontais mon périple avec moult détails, je préparais le fond de ma nouvelle toile avec un soin méticuleux. Sans que je dise quoi que ce soit, la petite en avait compris le sujet.

Chapitre XX

Elle avait bien sûr reconnu son escalier, la voûte arquée qui le surplombait et les toiles accrochées qui l'ornaient. Tant que je racontais la suite de mon histoire, elle n'y avait prêté qu'une attention distraite. Ce ne fut que quand je me retournai vers elle qu'Annie me demanda :

- C'est moi que tu veux peindre ?

- J'aimerais bien. Enfin, si tu me le permets...

Elle afficha un large sourire et commença à chercher une pose qui la mettrait du mieux possible à son avantage :

- Ben évidemment que j'veux ! Comment que tu veux que j'me mette ?

- Peu importe : tu vois bien que je ne te regarde pas puisque je te tourne le dos. Et je n'ai pas envie de prendre un torticolis.

- Ben tu veux que j'me pose où ça, alors ?

- Tu restes où tu es, dans ton allure habituelle. Pour le reste, je me débrouille.

Eugène souriait. Même s'il n'y voyait plus grand-chose, il avait compris que comme pour mes autres toiles, j'allais travailler de mémoire. La petite ne dit plus rien et me regarda peindre, toujours assise sur sa marche, toujours les genoux sous le menton. Moi, je continuais mon histoire, mollement. Il faut dire qu'après-guerre, il ne se passait rien de bien intéressant, à part quelques anecdotes sur nos sorties du samedi, nos conquêtes éphémères dans l'euphorie ambiante de la liberté retrouvée ; nos interrogations aussi, à Joseph et moi, sur la suite à donner à nos vies.

Rester militaires fut notre choix commun. Joseph s'était juré de ne pas revenir dans « l'enfer de l'usine ». Quant à moi, il n'était pas question que je retourne à Reuilly jouer à l'homme à tout faire de ma mère. Elle eût été trop contente. Avec le temps, je m'étais persuadé à tort ou à raison que c'était son avidité qui avait condamné mon père. Dans mes plus vagues souvenirs, je me rappelais que c'était toujours elle qui le poussait à voir plus grand. En y réfléchissant, je me rendais compte maintenant qu'elle avait manœuvré pour qu'il ait la certitude d'être le maître, alors qu'elle dirigeait tout. C'était pourquoi j'avais choisi moi aussi de rester dans l'armée.

Une chose nous faisait peur quand même : les querelles intestines et les ambitions personnelles reprenaient le dessus dans le pays en pleine reconstruction. Même la légitimité politique de De Gaulle commençait à être remise en cause. Là où de véritables questions se posèrent, ce fut au début du conflit en Indochine… J'en étais resté là, ce soir-là. La nuit était tombée, et il était temps pour Annie et moi de laisser Eugène qui paraissait bien fatigué. Une sensation étrange m'avait envahie en partant. La petite s'en était rendu compte :

- C'est ton histoire qui t'a rendu triste ?

- Mais non… Je ne suis pas triste, d'abord…

- Eh ben dis donc ! Qui que ça serait alors, si t'étais triste ! C'est quoi qui t'arrive ?

- Rien. Je ne sais pas. Une impression bizarre.

Et ce n'était pas la réflexion de Mathieu qui, en nous voyant déambuler dans la cour, nous avait apostrophés en disant « Vous rentrez ben tard ! Allez pas m'l'achever, le barbouillou, il est pu tout jeune ! », qui allait apaiser mon trouble. Cette nuit-là, d'ailleurs, je dormis mal. Il faut dire que Joseph m'avait tenu la jambe une bonne partie de la nuit. Il tirait des plans sur la comète en imaginant des noces champêtres avec Annie, où se retrouveraient côte à

côte le vieux Mathieu, la Guiguite, ma mère, la Germaine et son moutonneux de mari… Il rêvait même qu'étaient conviés les copains de la petite : le petit teigneux et le gros tout mou. J'avais beau lui seriner qu'il nageait en plein délire, il ne voulait pas partir et me décrivait avec moult détails une table campagnarde dressée en plein pré, un peu comme dans un film de Bunuel.

Au matin, j'avais un teint de papier mâché, et le café me parut plus amer qu'à l'habitude. On était mercredi. Comme prévu ce jour-là, on accompagna le mari de Germaine à la foire à Sancoins. Il nous avait demandé le dimanche de l'aider à encadrer tout un cheptel de moutons qu'il désirait vendre. Si Mathieu et lui passèrent la matinée à discuter avec chaque maquignon qu'ils voyaient, je restai quant à moi assis sur la chaîne délimitant notre espace de vente, la tête ailleurs. Même pendant le repas que Mathieu nous offrit au Mouton Blanc pour fêter les bonnes affaires qu'il avait faites, je ne desserrai pas les dents.

De retour à la ferme, le père Mathieu me demanda ce qui n'allait pas. Je lui répondis que j'étais juste un peu barbouillé, qu'il ne s'inquiète pas. Je passai l'après-midi à la vigne, vérifiant l'état des pieds. Je fus surpris en rentrant de ne pas trouver le vieux à l'étable, à aider sa sœur et sa nièce à la traite. J'allais poser la question à Marguerite quand la voiture fit une entrée tonitruante dans la cour, dans un nuage de poussière. Mon angoisse réapparut d'un coup : ce n'était pas dans les habitudes de Mathieu de maltraiter la mécanique. Il descendit précipitamment de l'auto en criant :

- V'nez vite, les gamins, vite ! Montez !

La voiture prit le chemin chaotique du château. Un silence pesant s'était installé. Le vieux paysan le brisa :

- C'est l'Eugène…

Personne ne répondit, redoutant la suite. Un temps, et il ajouta :

- Il est mort.

Toujours le silence. Il rangea l'auto devant le perron et nous le suivîmes, muets. Sur les joues d'Annie, deux

fines larmes coulaient. Tête basse, visage buté, on aurait dit qu'elle avait honte de son chagrin. Eugène était allongé sur la bergère, les yeux clos, les mains croisées sur le ventre. Paisible, comme dans un sommeil radieux. Mathieu dit simplement :

- J'allions quand même pas l'laisser par terre.

Annie, qui avait repris sa place habituelle, toujours les genoux sous le menton, dit d'une voix étouffée : - Faut prévenir le docteur…

Son oncle répliqua d'un air désolé :

- C'est pu la peine, gamine. C'est ben trop tard…

Là, elle se cacha la tête entre les mains et éclata vraiment en de longs sanglots bruyants. Moi, j'étais livide, incapable de réagir. Pourtant, j'en avais vu des paquets, de morts. Mes premières paroles furent :

- Elle a raison, Mathieu. Il faut prévenir le docteur, pour constater le décès. Les autorités aussi. Puis les pompes funèbres… Savez-vous s'il avait pris des dispositions particulières ?

- J'en sais rin, moué ! Il m'avait ben demandé d'faire venir le notaire, y'a un mois environ, mais j'cheus point si il est v'nu…

- Bon, allez ! Il faut aller en ville, à la gendarmerie et chez le médecin…

- Mais c'est tard !

- Et alors ? On ne va pas le laisser là jusqu'à demain ?

- Oué… Tu viens, Ninny ?

La petite releva la tête et murmura en reniflant :

- Non, moi je reste là !

Après avoir effectué les démarches d'usage, le corps fut laissé à notre disposition. Deux hommes des pompes funèbres vinrent « préparer » le défunt, puis nous demandèrent s'ils pouvaient effectuer la mise en bière dès le lendemain. Mathieu leur répondit qu'il fallait d'abord qu'on passe chez le notaire dès l'ouverture, qu'on aviserait après. On resta là à le veiller toute la nuit. Vers onze heures du soir, Marguerite entra furtivement, un panier au bras :

- Si vous avez faim… ou ben soif…

Elle repartit aussi discrètement qu'elle était arrivée. Mathieu commenta simplement :

- Eh ben voilà... A doit être soulagée à présent.

Je ne compris pas et mis cette réflexion sur le compte de sa peine, qu'il ne cherchait plus à dissimuler.

S'il n'avait pris aucune disposition particulière quant à sa sépulture, Eugène avait bien rédigé un testament et nous étions conviés, Mathieu, Annie et moi, dans l'après-midi suivant la cérémonie. Dans le doute, on demanda au curé de La Guerche une simple bénédiction, suivie de l'inhumation dans la chapelle de la famille. Outre les habituelles grenouilles de bénitier, l'église s'était quand même à peu près remplie d'une foule de curieux. S'ils n'avaient pu approcher « le vieux fou », comme ils l'appelaient ici, au moins ils pourraient l'accompagner jusqu'à sa dernière demeure. Une fois le caveau refermé, je demandai au marbrier d'y fixer une simple plaque de granit noir, avec simplement « Evgueni Selenko, dit Eugène Sélène, Artiste-peintre. » Nous restâmes déjeuner en ville, avant de nous rendre chez le notaire. Il nous fit asseoir, puis ouvrit le dossier posé sur son bureau en disant :

- Nous allons procéder à l'ouverture du testament de monsieur Evgueni Selenko. Si je vous ai demandé d'y assister tous les trois, c'est que chacun d'entre vous est concerné. Je vous passe les mentions légales du premier feuillet : « Nous, Evgueni Selenko, sain de corps et d'esprit... etc., etc.Il tourna la première page en poursuivant :

- Il faut savoir qu'au départ, ce document ne contenait que deux pages, mais le défunt m'y fit ajouter plusieurs codicilles, le dernier datant d'il y a à peine un mois... Donc : « Léguons à monsieur Delamare Mathieu l'intégralité de nos biens mobiliers, immobiliers et terriens, à l'exception de ce qui suivra, en regard des services rendus, de la fidélité et de l'amitié qui nous lia tout au long de ces dernières années. » Mathieu fixait l'homme de loi, impassible, attendant la suite. Le juriste tourna la page et continua : - Premier codicille : « Léguons à mademoiselle Pierron Annie l'armoire Renaissance qui lui faisait si peur quand elle était enfant, sise dans la chambre dite « bleue », ainsi que l'intégralité de son contenu. » Nous nous regardâmes à tour de rôle, interloqués. Toujours en silence. Le notaire prit un dernier feuillet et dit :

- Comme je vous le disais tout à l'heure, cette dernière modification date du mois dernier : « Léguons enfin à monsieur Monteil de Belmont Jules l'intégralité de notre matériel artistique, ainsi que l'intégralité de nos œuvres, à l'exception de celles exposées dans l'escalier, ces dernières devant rester à demeure. » Voilà, messieurs, mademoiselle. Suivent les mentions légales d'usage.

Comme personne ne parlait, il ajouta un peu gêné :

- Bien sûr, vous pouvez refuser ces legs...

Mathieu le premier rompit le silence :

- Pour que ça parte tout à l'État ? Sûrement pas !

Pour ma part, j'étais abasourdi. Rien ne justifiait le don d'un tel trésor, si ce n'était une amitié d'à peine trois ans.

Nous signâmes donc tous les papiers officiels, Mathieu émargeant pour la petite en tant que tuteur légal. Le notaire commença alors à nous parler gros sous, droits de succession, frais notariaux... Mathieu lui coupa la parole en le tutoyant :

- T'inquiète pas, Louis, t'as qu'à envoyer ta facture, je vas ben t'y payer !

Nous prîmes congé, nous retrouvant sur le trottoir. On se regardait sans savoir quoi se dire. Le premier à rompre le silence fut encore le vieux paysan :

- Qui que peut-y y avoir dans c't'armoire qu'il a donnée à la gamine ?

Pratique, Annie répondit :

- Ben y'a qu'à aller y voir !

Sur le chemin du retour, le père Mathieu fit cette réflexion qui, si elle pouvait sembler anodine, me parut perfide :

- Te v'là riche, à présent, t'as pu besoin d'travailler...

Je ne pus m'empêcher d'être sarcastique à mon tour :

- Et vous propriétaire d'un château... Vous allez y habiter ?

- Moi, châtelain ? Ça va pas, non ? J'reste cheu moué. Toi si tu veux, tu peux y loger, j'y vouais pas d'inconvénient.

- Pourquoi pas… Mais je vous paie un loyer. Il n'y aura qu'à le retenir sur mon salaire.

- Oué, on verra. On n'en est pas là… Qui que tu vas en faire, de tous ceux tableaux ?

- Rien… Les laisser où ils sont, et m'en repaître. Un peu comme vous, quand vous rendiez visite à Eugène.

- C'est ma foi vrai… Tant mieux !

La discussion nous emmena dans la cour du château. Nous y entrâmes solennellement, mains croisées, comme pour un dernier hommage au vieil artiste. Après une halte dans le vaste hall et un tour de tête circulaire sur les œuvres dont le sujet, s'il nous était maintenant familier, suscitait toujours une émotion intacte, Mathieu rompit le charme :

- Bon, si on allait voir c't'armoire qu'il a donnée à la gamine, l'Eugène ?

Sans un mot, nous nous engouffrâmes dans l'escalier. Annie, semblant connaître le lieu mieux que quiconque, passa devant nous et ne se trompa pas de porte. C'était une jolie chambre recouverte d'un papier peint bleu pâle à fleurs, champêtre mais bien défraîchi. Ce devait être la seule pièce tapissée de toute la demeure. Un lit à baldaquin voilé de tentures éthérées blanches et passées, une coiffeuse chargée d'une vasque et d'un pichet en faïence Saint-Amand donnaient à l'ensemble une touche des plus romantiques. Personne n'y avait sûrement dormi depuis des lustres. Annie, la main tremblante, ouvrit l'armoire. D'un côté, une penderie pleine de robes en tout genre, de la petite cotonnade d'été au fourreau en lamé destiné aux soirées de gala. Dans le bas, toutes sortes de chaussures, là aussi destinées à maints usages. L'autre moitié du meuble était composée de quatre rayonnages. Sur les trois premiers, du linge bien plié : chemisiers, jupes, sous-vêtements, soieries en tout genre. La petite en prenait plein les yeux, restait muette d'émotion. Sur le rayon du haut, deux petits coffrets nacrés, finement marquetés, qui devaient valoir à eux seuls leur pesant d'or. Elle s'en empara, puis vint s'asseoir sur le lit. Elle ouvrit le premier, et des larmes lui montèrent aux yeux. Il était rempli de bijoux de toutes sortes : bracelets d'or, boucles d'oreilles ornées de diverses pierres précieuses de couleurs différentes, sûrement pour agrémenter chaque tenue de la défunte comtesse. Le clou était quand même cette somptueuse rivière de diamants. La petite la présenta devant son cou d'un geste mal assuré et dit :

- Jamais j'pourra mettre ça, moi !

Elle reposa le bijou, puis ouvrit le second coffret. Elle blanchit instantanément : il regorgeait de billets de banque. Des liasses de billets de dix mille francs, d'autres de cinquante mille francs. Mathieu se gratta la tête en lâchant :

- Ben mon cadet ! Y'en a pour des millions, là-dedans.

Chapitre XXI

Annie, après un temps de silence et d'immobilité sans doute dû à une trop forte émotion, répondit :

- Eh ben ça servira déjà à donner ses sous au notaire…

On aurait dit que ce pactole inattendu lui faisait peur. Mieux : qu'elle essayait à tout prix de s'en débarrasser. Mathieu avait compris :

- Si tu veux. On règlera la facture du Louis avec. Pour ce qui va rester, on y laisse dans la boîte, et quand que t'auras envie ou besoin de quèque chose, tu pourras toujours te servir. C'est à toi, Ninny. Mais surtout, faut en causer à personne, sinon le Louis va encore nous demander des sous… Même pas à tes copains ! Surtout pas, j'veux dire…

Dans les jours qui suivirent, un nouveau rythme de vie se mit en place. J'avais pris mes quartiers au château, dans une chambre jusqu'à présent inoccupée. Il n'était pas question j'investisse celle d'Eugène. Je l'avais simplement rangée, puis fermée avec une sorte d'amour filial que je n'avais jamais éprouvé pour personne. Régulièrement, la petite Annie passait me voir, montait dans sa chambre, essayait plusieurs toilettes de l'armoire et venait défiler devant moi en me demandant ce que j'en pensais. Ce nouveau jeu nous amusait beaucoup. Moi, j'essayais tant bien que mal de cacher mon émoi devant tant de beauté mise en valeur en ces moments-là. Chaque soir, je m'attelais au portrait en pied de la petite, travaillant méticuleusement chaque détail, la moindre ombre, le plus petit reflet. Toujours quand j'étais seul. À chacune de ses visites, je couvrais la toile d'un linge blanc. Elle respectait ce rituel, prenant sans doute ça pour de la pudeur. En février, quand enfin je levai le voile sur mon œuvre achevée, elle parut déçue :

- Mais j'ai douze ans, là-dessus !

Je lui souris en expliquant :

- Oui, Ninny, tu avais douze ans quand je t'ai vue pour la première fois... Tu n'es pas heureuse d'avoir un tel souvenir ?

- Ben si, mais j'faisais vraiment c'te tête ?

- Pour moi, oui... Assise sur ta marche, les genoux repliés sous toi, attentive à tout ce qui se racontait...

- Oué... Il est beau, ton tableau. Mais on va le laisser là... J'vas même le grimper dans la chambre à la Édith.

- Si tu veux... Et si tu veux encore, je vais en attaquer un autre, toujours sur le même sujet.

- J'veux ben, mais pas à douze ans, c'te fois !

- Laisse-moi faire, et tu verras dans quelques semaines.

- Bon ben d'accord.

C'était devenu un rituel. Chaque soir, elle passait me voir une heure ou deux, et notre cohabitation se déroulait sans ombre. Jamais elle ne remettait sur le tapis l'incident de la noce à la Germaine. Moi, ça m'arrangeait. J'étais encore indécis quant à la conduite à tenir devant la jolie jeune femme qu'elle était devenue. Il m'arrivait même d'être un peu gauche quand la conversation dérapait sur un avenir qu'elle continuait d'évoquer loin d'ici, sans jamais m'y inclure. Provocation ?... Réelle aspiration ?... Comme je ne voulais pas toujours seriner la même chose, je me contentais de ne plus répondre et de dévier maladroitement la conversation vers d'autres sujets. Jusqu'à ce vendredi soir où elle monta directement à la chambre de la comtesse, et redescendit en me demandant :

- Celle-là, ça irait ?

Elle avait enfilé une robe fourreau noire ornée de lamé d'or et posait en relevant ses cheveux.

- Euh... ça dépend pour quoi faire ! Si tu es invitée à l'Élysée ou à la cour d'Angleterre, pourquoi pas ?

- Te moque pas de moi ! C'est pour le bal des pompiers, demain soir. Tu veux venir ?

- Je ne crois pas, non. Tu sais, moi, les bals... Et je ne sais pas danser.

- On s'en fout, que tu sais pas danser. Le Pierrot, lui, y m'a invité, alors moi j'y vas ! Bon, elle va pas c'te robe, alors ?

- Un peu trop... habillée, pour un bal à La Guerche.

Elle escalada les marches et réapparut cinq minutes plus tard dans une jolie robe bleue échancrée dans le dos et dont la forme corolle faisait ressortir sa taille faite au tour. J'étais subjugué.

- Et là ?

- Là, c'est très joli. Avec un petit gilet blanc, ce sera parfait !

- Bon, ben voilà !

Alors qu'elle remontait les marches doucement, elle tourna la tête, une lueur de défi dans le regard :

- T'es vraiment sûr que tu veux pas v'nir ?

- Sûr !

J'avais répondu du tac au tac, pour éviter de réfléchir. En réalité, je n'étais plus sûr de rien. Elle revint, et la conversation roula sur autre chose, ses dessins, le chevalet que j'étais en train de lui fabriquer afin qu'elle vienne peindre ici. Puis elle rentra, me laissant face à mes indécisions. Ce soir-là, Joseph vint me visiter. Il n'était pas content. Il me morigéna, allant même jusqu'à me menacer de ne plus jamais venir si encore une fois je refusais un bonheur à portée de mains. Avant de disparaître cette nuit-là, il finit même par conclure :

- De toute façon, quelle que soit l'issue de ton destin, je finirai bien par m'estomper complètement ! Cette menace - en était-ce une ou bien l'inéluctable ordre des choses ? - m'empêcha de trouver le sommeil avant le petit matin. Heureusement que Mathieu avait décidé qu'en ce samedi matin on ne travaillerait pas. C'était assez rare, même dans ces périodes de fin d'hiver où rien ne pressait vraiment. Aussi, quelle ne fut pas ma surprise quand j'entendis cogner à l'huis de la porte. Je n'étais pas debout depuis plus de dix minutes et m'affairais à faire couler du café, mal remis de ma nuit presque blanche. Il devait être pas loin de neuf heures. Qui pouvait ainsi taper à ma porte ? le facteur ? trop tôt. Annie venant me relancer pour ce soir ? sûrement pas : trop fière pour ça, la gamine. Je me trainai jusqu'au hall et ma surprise grandit en voyant le vieux paysan sur le pas de la porte. Avant de le laisser entrer, je questionnai :

- Oh, Mathieu, il est arrivé quelque chose ?

- Rin du tout ! Tu m'fais rentrer ?

Interloqué, je m'effaçai pour le laisser passer. C'était la première fois depuis mon installation au château qu'il me rendait visite. On se voyait déjà toute la journée, je n'avais jamais trouvé ça bizarre. Il lui fallait bien une raison pour que, justement ce matin, il soit là. Je l'entrainai jusqu'à la grande cuisine. Il prit place sur un des bancs. J'eus la sensation qu'il ne savait pas par où commencer :

- Ça sent bon l'café frais…

- Vous en voulez un ?

- Oué, c'est pas de refus…

En le servant, je lui tendis la perche :

- Qu'est-ce-qui vous amène, père Mathieu ?

Il trempa les moustaches dans le breuvage brûlant, puis :

- C'est l'bal des pompiers, ce soir à La Guerche. Tu veux-t-y qu'on aille y vider une bouteille ou deux ?

Je le voyais venir :

- Je sais : la petite m'en a parlé… Pourquoi pas ?

- Tu sais-t-y qu'a y va avec l'aut'beurdiniot de Pierrot ?

- Je sais, oui. Elle me l'a dit…

- Et tu t'en fous ?… J'croyais pourtant…

Il croyait. Il échafaudait, surtout. En bon paysan, il nous voyait déjà reprendre les rênes du domaine, après une belle noce.

- Vous savez bien, Mathieu, que j'adore la petite... Peut-être même est-ce la raison qui me fait ne pas répondre à ses avances.

- Et pourquoi donc ? à cause de tes deux amoureuses que t'as perdues ? Me dis pas que tu crois à toutes ces conneries ? Aux malédictions, tout ça ?

- Pas deux, Mathieu, trois... Je n'ai pas fini de vous raconter mon histoire. Il est des blessures qui sont dures à refermer. Écoutez...

« Notre tranquillité, à Joseph et à moi, fut de courte durée. Un soir de fin 46, il débarqua chez moi, l'air préoccupé. Après quelques considérations sur la pluie et le beau temps, il entra dans le vif du sujet. Il me dit avoir été « invité » à rejoindre les services sanitaires au port d'Haïphong, en Indochine française, où venait d'être perpétré un massacre d'envergure suite à une attaque éclair des troupes de Hô Chi Minh. Des milliers de morts, paraît-il, et deux fois plus de blessés. S'engagea alors entre nous une longue discussion quant à sa participation à ce conflit qui était à l'opposé de tous nos idéaux de liberté. Pourquoi irions-nous nous battre contre un peuple qui cherchait à se libérer de ses occupants ? De plus, Joseph avait conservé ses idéaux communistes, et les libérateurs vietnamiens défendaient les mêmes théories. On se dit à ce moment qu'on ne s'était pas battus jusqu'à maintenant pour aller en quelque sorte jouer le même rôle là-bas que les Allemands ici. Certes, nous étions avant tout des soldats et cette « invitation » ressemblait fortement à un ordre. D'un autre côté, comme il me le rappela, Joseph avait maintenant vocation à sauver des vies, pas à en prendre. Ce qui le tracassait le plus, c'était de savoir si je pourrais être intéressé de le rejoindre là-bas. Il avança des arguments de poids, tel le rôle que je pourrais jouer au sein de la police militaire afin, comme ici, d'éviter toutes sortes d'exactions selon lui imparables en période de guerre.

« Allant à l'encontre de tout ce qui nous avait motivés jusqu'à ce jour, Joseph embarqua trois jours après. Moi, j'ai atterri à Hanoï début janvier 47. Je ne revis Joseph que six mois plus tard, quand enfin il rejoignit la nouvelle capitale de l'ancienne province du Tonkin, après avoir fermé l'hôpital de campagne là-bas dans le sud. Évidemment, aucun de nous deux ne participait aux combats, lui étant administrateur en second de l'hôpital, et moi transformé en une sorte de flic veillant à éviter tout conflit entre la population locale et l'armée.

« Jasmine, je la vis la première fois en novembre 47. Du haut de ses dix-sept ans, elle entra dans le poste de police, toute hésitante, pieds nus, vêtue d'une simple petite robe qui découvrait ses frêles épaules. C'est ce regard empli de larmes, je crois, qui m'a tout de suite embarrassé. Puis le son de sa voix, d'une douceur exceptionnelle. Elle avait commencé à raconter son histoire au planton qui l'interrompit pour la faire entrer dans mon bureau. Une telle fragilité me mettait mal à l'aise. Je l'invitai à s'asseoir et à me dire ce qui l'amenait. Maladroitement, elle me dit avoir échappé à plusieurs agresseurs, et qu'elle était surtout entrée dans le poste pour se cacher. Quand je lui demandai de me les décrire, elle me répondit :

« - Quatre soldats !

« L'affaire se compliquait. Je lui fis préciser :

« - Des Français ?

« - Non... Les autres ! Des Vietnamiens, comme moi !

« - Vous sauriez les reconnaître ?

« - Peut-être, oui. Mais je m'en fiche : je veux juste rentrer chez moi.

« - Il serait peut-être bon de vous faire examiner à l'hôpital, avant...

« - Mais non, je n'ai rien !

« Devant une telle détermination, je ne pus que lui proposer de la raccompagner. J'avais une Jeep à disposition. Elle hésita, accepta en me demandant de la laisser hors de vue de sa maison. Son père ne devait en aucun cas la voir descendre d'un véhicule français : il les détestait, les Français. Je lui répondis que je le comprenais, qu'à sa place, je serais sans doute dans le même état d'esprit.

« Elle parut surprise de ma réflexion, et s'engagea alors une conversation sur la liberté, l'amour d'un pays et, en bref, l'imbécillité de toute guerre. J'appris que son père, farouche indépendantiste en paroles, ne bougeait jamais de chez lui, à part pour se rendre dans la banque qu'il dirigeait. Je sus aussi que Jasmine, puisque tel était son prénom, ne comprenait pas la haine farouche qu'il vouait aux Occidentaux en général et aux Français en particulier, puisqu'il avait épousé une Française, et qu'il la chérissait toujours autant. Je sus enfin que ses deux frères aînés, endoctrinés par les discours haineux de leur père, avaient pris les armes aux côtés de Hô Chi Minh, et que le plus âgé l'avait déjà payé de sa vie. Elle me fit la déposer au coin d'une rue d'un des quartiers les plus cossus de Hanoï. Je ne sais pas ce qui m'a pris à cet instant, quand j'eus sa main dans la mienne, mais je m'entendis dire :

« - Pourrait-on se revoir ?

« Je m'attendais à un revers. Je fus surpris en entendant sa voix fluette me répondre :

« - Je verrai… Je repasserai vous le dire au poste…

« Elle esquissa un petit sourire, sauta du véhicule, et disparut au coin de la rue avec un petit signe de la main. Il ne me restait plus qu'à espérer.

« Le lendemain, en début d'après-midi, le planton l'introduisit dans mon bureau. Elle portait une petite robe colorée et un chapeau blanc qui faisait ressortir magnifiquement ses cheveux de jais. Je lui proposai un rafraîchissement qu'elle accepta. Puis elle me dit que sa visite n'était pas gratuite, qu'elle avait un service à me demander. Elle attaqua ainsi :

« - Voilà, je voudrais me rendre utile. Déjà, je ne comprends rien à ce conflit qui continue à faire des centaines de morts. Je ne comprends pas grand-chose à la politique, mais j'avais cru comprendre qu'un accord avait été trouvé… N'est-on pas une province autonome, maintenant ? Pourquoi continue-t-on à se battre ?

« Je la regardai, mi-amusé, mi-troublé par son raisonnement un peu simpliste :

« - Ce n'est pas aussi simple… Votre autonomie, comme vous dites, ressemble étrangement à celle de la France libre entre 40 et 44 . Un semblant de souveraineté contrôlé par des occupants. N'aimeriez-vous pas que votre pays redevienne un état à part entière ?

« Elle s'emporta un peu :

« - Et ça justifie autant de morts ? Autant de mutilés ?… Vous savez, moi, je ne sais plus sur quel pied danser. Maman est française, toute dévouée à mon père qui, lui, est farouchement indépendantiste… par la parole ! Il préfère envoyer ses fils se faire tuer ! Je vais finir par le détester ! Et moi, au milieu de tout ça, je me sens parfaitement inutile…

« - Concrètement, j'aimerais bien comprendre ce que vous attendez de moi. Vous êtes une jolie jeune fille, à l'abri du besoin, apparemment…

« J'avais osé dire ça, et je sentais mon visage s'empourprer. Heureusement, elle n'y prêta pas attention et poursuivit :

« - Je vous ai dit que je voudrais servir à quelque chose au milieu de toutes ces stupidités. Je devais poursuivre mes études dans une école d'infirmières, mais il n'y a plus d'école… Comme vous avez l'air d'être quelqu'un qui compte ici, je me suis dit que vous pourriez m'aider.

« - En clair, vous voudriez faire du bénévolat à l'hôpital ?

« - Pourquoi pas ?

« Elle avait fait cette démarche sans savoir que je connaissais Joseph. Un peu à l'emporte-pièce.

« - Vous savez que vous avez de la chance, si on peut dire. Certes, ma fonction ne peut en aucun cas servir de passe-droit pour votre requête. Mais il se trouve qu'un des principaux responsables de l'hôpital est mon meilleur ami. Je vais lui en parler. Ou mieux : allons-y !

« Sur le chemin, elle resta muette. Je la contemplais à la dérobée. Je ne pouvais pas m'en empêcher. Dès cet instant, je sus que je ne pourrais plus rester un jour sans la voir. Déjà, j'étais inquiet: elle avait l'air de ne pas du tout faire attention à moi. Quand je la présentai à Joseph, il ne fit aucune difficulté à accéder à sa requête, et lui demanda d'être là dès le lendemain matin. Ce soir-là, alors que nous dînions ensemble, Joseph me dit:

« - Je crois qu'on va te voir un peu plus souvent, à l'hôpital.

« Il avait compris.

« - Je crois aussi...

« Puis je lui racontai les circonstances de notre rencontre. Je lui dis aussi que son père ne devait absolument pas être au courant de sa démarche, lui expliquant sa haine envers tout ce qui touchait de près ou de loin à la France... sauf son épouse.

« Dès le lendemain, je pris l'habitude de déjeuner à l'hôpital. Jasmine, qui semblait avoir vu mon manège, s'en amusait beaucoup. Mais ne faisait rien pour m'encourager. Un soir que je me proposais de la raccompagner, j'osai:

« - Je pourrais vous inviter à dîner? Je ne sais pas... Demain, par exemple?

« Elle se tourna vers moi, sourit franchement, et lâcha:

« - D'accord! Venez me prendre après mon service.

« Le dîner fut assez vite expédié. Jasmine craignait à chaque instant que quelqu'un la reconnaisse et en informe son père. Si elle bénéficiait d'une large liberté de manœuvre quant à ses sorties, il était impensable que ses parents sachent que d'une part elle pratiquait le bénévolat et que d'autre part elle s'affichait avec un officier français. Quand je lui posai la question sur le chemin du retour, elle me répondit que ses parents la pensaient toujours avec quelques jeunes filles désœuvrées de son milieu, à faire les quelques boutiques encore ouvertes, ou à pérorer chez l'une ou l'autre. Elle m'avoua, penaude, que c'était exactement ce qu'elle faisait « avant tout ça ».

« Encore une fois, je m'arrêtai au coin d'une rue assez loin de chez elle. Ce fut elle qui prit ma main, en disant : »Encore merci… » Elle se pencha vers moi. Je l'ai embrassée. Longuement. Comme jamais je n'avais embrassé quelqu'un. Ce fut elle qui mit fin à cette étreinte. en serrant un peu plus fort ma main. Puis, comme à son habitude, elle disparut au coin de la rue.

« Après, tous les jours, je passais à l'hôpital. On profitait de chaque rare instant où on pouvait être en présence l'un de l'autre. Bientôt, ça ne nous a plus suffi et Jasmine décida d'avouer à ses parents qu'elle avait décidé de travailler comme aide-soignante à l'hôpital afin de préparer sa carrière d'infirmière. Contrairement à ce qu'elle craignait, ils réagirent plutôt bien. Sa mère était ravie qu'elle se prenne en main. Quant à son père, il se contenta d'un : « C'est bien, ma fille ! » Pour lui, tant qu'elle ne pactisait pas avec l'ennemi, tout lui convenait. Il était de ces hommes à penser qu'un travail rémunéré pour une femme ne pouvait consister qu'à s'occuper en attendant de se marier, et il ne prenait pas au sérieux cette lubie qu'elle avait de vouloir avoir un vrai métier. Enfin, c'est ce que m'en disait Jasmine.

« De ce jour, elle se mit à leur mentir sans vergogne, s'inventant des gardes de nuit, des week-ends d'astreinte. Bien sûr, tous ces moments, on les passait ensemble. Longtemps, on se contenta de ça. Mais nos rêves étaient ailleurs. Je lui racontais la France, ma France… Pas Paris, pas de clichés pour touristes. Non, les vignobles de Reuilly, les forêts de Sologne, la campagne berrichonne. Et elle rêvait. On était bien décidés à venir un jour ici, à fonder une famille. Moi, je pouvais rentrer en métropole dès 51. Il fallait encore attendre quelque temps. Je pouvais aussi démissionner et rentrer tout-de-suite. Mais elle était mineure. Il nous fallait donc attendre et continuer comme ça. »

- A l'est ben belle ton histoire, mon Jules… Qui que c'est-y donc qu'a pas été ?

Chapitre XXII

La question de Mathieu amena un voile grave sur mon visage. A l'évocation de ce que je devais maintenant lui raconter, mes yeux s'embuaient. Il respectait ça, le vieux paysan. Restait silencieux en attendant la suite :

- Le premier ennui qu'on rencontra fut quand le frère de Jasmine vint se faire soigner à l'hôpital. Pas pour une blessure de guerre. Non, pour une banale coupure à la main qu'il s'était faite en coupant de la viande, un soir avec des amis. Devant le saignement abondant de sa plaie, ils ne trouvèrent pas mieux que de l'amener dans le service où officiait ma douce. Sachant qu'elle était de service ce soir-là, le frangin ne trouva pas mieux que de demander à toute force sa sœur. Nous étions ensemble dans la salle de repos quand un infirmier vint nous dire qu'un blessé demandait Jasmine pour le soigner, et seulement elle. Aussi, quand nous arrivâmes devant la porte ouverte de la salle de soins, elle me lâcha précipitamment en me glissant d'un ton catastrophé :

« - C'est mon frère .

« Je n'entendis pas ce qu'ils se dirent ensuite, mais dès le lendemain, Jasmine me confia qu'elle ne pouvait plus rester chez ses parents sous peine que son père l'empêche de continuer à venir travailler. Elle était arrivée ce matin-là avec un bagage sommaire, me demandant de l'héberger. Moi, sans le montrer, j'étais ravi.

« Ma joie disparut peu à peu quand elle me conta par le menu son altercation du matin avec son père. Ce fut verbalement violent, plein de menaces à peine voilées. Pour lui, il était inconcevable que sa fille entretienne quelque liaison que ce soit avec un Français, officier de l'armée en plus. Et sa mère ne disait rien, soumise. Dès qu'il fut sorti pour rejoindre sa banque, après une dernière menace, Jasmine avait réuni quelques affaires sous le regard réprobateur de sa mère, et avait rejoint l'hôpital. Ce fut Joseph qui m'en avait averti et je m'étais empressé de les retrouver.

« On allait s'organiser. Je disposais d'un confortable logement de fonction dans la ville. Personne ne pouvait prévoir ce qui allait se passer. Jasmine m'avait convaincu que son père n'était violent qu'en paroles, qu'il était incapable d'aller plus loin, manquant visiblement de courage. Seulement, alors qu'on était sur le point de partir ce soir-là, un gros homme fit irruption dans le hall de l'hôpital, vêtu d'un Costume blanc trop juste pour lui, tandis que l'élégant chapeau blanc qu'il portait trop en arrière lui conférait un ridicule de clown. Mais personne n'avait envie de rire devant ses grands gestes et son accent vietnamien prononcé qui réapparaissait tant sa colère semblait grande :

« - Laissez-moi passer ! Où est-il, ce fils de chienne d'officier détournant les mineures ??? C'est facile de profiter des petites Viets, quand on a l'autorité…

« Nous étions à l'autre bout du hall, prenant congé de Joseph pour la soirée. Ses vociférations nous stupéfièrent. Le premier à réagir fut Joseph, qui lui intima de sa chaude voix grave de sortir sans faire d'esclandre. Ce à quoi il lui fut répondu :

« - Toi le larbin, écarte-toi !

« Puis Jasmine :

« - Papa, ça ne sert à rien : je ne rentrerai pas !

« Le gros homme continuait d'avancer. Déjà, dehors, des bruits de pas précipités, mais la porte semblait bloquée. J'eus le temps d'apercevoir le frère de Jasmine qui s'en occupait. Tout alla très vite ensuite. J'allais prendre mes responsabilités en m'avançant d'un pas décidé, Joseph toujours à mes côtés, quand le gros Indochinois sortit de sa poche un pistolet avec une rapidité insoupçonnable. Il me mit en joue instantanément. Nous n'eûmes que le temps de lever le bras en avant quand le premier coup de feu claqua. Joseph, dans un réflexe désespéré, s'était interposé et prit la première balle en pleine poitrine. Jasmine voulut se jeter sur son père tandis que j'arrivais à lui saisir le poignet. Trop tard : le deuxième coup de feu que j'avais dévié atteignite Jasmine en pleine tête. C'est à ce moment-là que la porte vola en éclats et que des dizaines d'hommes pénétrèrent dans le hall, maîtrisantsles deux forcenés. »

- Ah ben merde alors !!

- Oui, père Mathieu, c'est bien résumé... C'est aussi ce que j'ai dû me dire à ce moment-là. Enfin, je ne me souviens plus très bien. J'étais totalement hébété. Je m'étais assis sur la première marche d'un escalier, inerte. Si personne n'était intervenu, je crois que je l'aurais tué, le gros ! Mais là, de voir étendus les deux seuls êtres qui comptaient dans ma courte vie, j'étais vide. Il n'aurait pas fallu grand-chose pour que je me tire une balle dans la tête à cet instant. Un peu de courage, peut-être...

- Et après ?

- Après ? Je fus entendu par mes pairs. Je n'ai même pas assisté à l'enterrement de Jasmine. Pour ne pas provoquer de heurts dans la population. Par contre, je suis revenu avec le corps de Joseph, à Paris. On m'avait accordé une permission exceptionnelle. Elle dure encore, puisque j'ai démissionné.

- Et les deux autres ?

- Ils furent condamnés à mort par le tribunal militaire, bien sûr, et exécutés. Mais ça n'enleva rien à ma peine... Bizarrement, maintenant, j'évite d'évoquer Jasmine, ça fait trop mal. Joseph, lui, par contre, est toujours là à veiller sur moi, même si parfois il est un peu envahissant. Au début, je me croyais fou. On m'a fait consulter quelques spécialistes, au Val de Grâce. Tous m'ont dit de ne pas lutter contre ça : il partirait tout seul avec le temps. Mais il est encore là !... Enfin, je ne m'en plains pas !

- C'est l'beau moustachu que t'as peint dans ton ancienne chambre ? Il avait l'air d'un brave gars...

Ce fut le moment que Joseph choisit pour intervenir :

- Tu parles : ça me fait une belle jambe !

Je lui souris avec tendresse, sans lui répondre, puis :

- Bon, c'est d'accord, père Mathieu, je viendrai au bal avec vous, ce soir, vider une ou deux bouteilles.

Si on avait emmené Annie avec nous à ce fameux bal des pompiers, sous le parquet-salon installé place de la Poste, on ne la vit pas de la soirée. Ou presque. Elle vint une première fois me demander de la faire danser. Je déclinai gentiment, arguant que j'étais totalement en désaccord avec l'art de tourner. C'était une valse. Elle récidiva quand l'accordéoniste attaqua un langoureux tango. Là, ce fut le vieux Mathieu qui l'envoya sur les roses " « Tu vois pas qu'on cause ? . Il faut dire qu'on avait attaqué la troisième bouteille de blanc, et que sa couperose avait viré au violet. Elle tourna les talons et se laissa enlacer par Pierrot qui la serra de si près qu'on n'aurait pas pu glisser une feuille de « ZigZag » entre eux deux.

Vers une heure du matin, après avoir vidé le quatrième litre et discuté de tout et de rien, on avait fini par regarder tourner les danseurs en silence. Mathieu décida qu'il était temps de regagner nos pénates. Cherchant la petite du regard, il pesta en constatant qu'elle n'était plus avec son groupe de copains et copines. Alors qu'on se levait, on la vit arriver de dehors avec le Pierrot. Dès qu'il nous aperçut, il lâcha prestement la main de Ninny en piquant un fard. Elle, tout sourire, me lança un regard dans lequel je crus déceler du défi. Nous fûmes silencieux au retour. Mathieu parce qu'il était attentif à une route qu'il devait trouver embrumée alors qu'on y voyait comme en plein jour, et Annie parce qu'elle boudait, soit parce qu'on était parti avant la fin, soit parce que son petit numéro avec Pierrot n'avait pas eu l'effet escompté. Ils me laissèrent à l'entrée de la cour du château. Cette nuit-là, Joseph ne vint que pour me faire remarquer :

- A quoi joues-tu, idiot ?

- De quoi tu parles ?

- Avec la petite ! Tu crois arriver à quel résultat en jouant au bel indifférent ?

- Qui te parle de résultat ? Je ne suis pas prêt à m'engager dans ce genre d'aventure, c'est tout !

- Ouais… Et pendant ce temps-là, l'autre sournois pose ses jalons ! Méfis-toi, Jules !

- Eh bien qu'il pose… On verra bien !

- Mais tu l'aimes la gamine ! Ça crève les yeux. Ne passe pas à côté, Jules, sinon je ne pourrai plus rien pour toi. Et tu ne me verras plus !

Le lendemain matin, midi peut-être car le soleil était si haut qu'il pénétrait dans ma chambre, j'entendis gratter à la porte. J'avais à peine ouvert les yeux et m'entendis aboyer :

- Entrez !

Annie glissa la tête dans l'entrebâillement, un peu gênée, en disant :

- Eh ben, qu'est-ce-que tu fous ? On t'attend pour manger, nous !

- Pourquoi ? Il est quelle heure ?

- Midi et demie… Allez, lève-toi !

- Et tu es venue rien que pour ça ? Vous auriez pu manger sans moi !

- Euh, non, hein ! C'est tonton qui m'envoie, alors…

- Bon, ferme la porte, que je m'habille… D'abord, c'est sa faute, au Mathieu. Avec tout ce qu'on a avalé hier soir, il fallait que je récupère !

A travers la porte, elle me cria :

- T'aurais ben mieux fait de danser avec moi, t'aurais pas mal au crâne !

- Qui te dit que j'ai mal à la tête ? J'étais un peu fatigué, c'est tout !… Et toi, tu t'es bien amusée ?

- Oué, bof !

- Ah bon, j'avais cru. Il t'a pourtant fait danser, le Pierrot ?

- Oué ! Il m'a même embrassée, dehors !

- Et alors ?

- Bof, j't'ai dit ! Même qu'il a voulu me peloter. Mais là, pas touche !

- Ça ne t'a pas plu, apparemment ?

- Non… Ça m'a rin fait, surtout !… Et pis après, y m'a agacé, le Pierrot, avec son Paris, son boulot d'ajusteur quand qu'il aura son CAP, tout ça ! Il a causé que de lui, et pis il me mettait dedans, sans me demander…

- Je croyais que ça te plaisait ?

- Oué mais non : pas comme ça ! Et pis l'aut'fois, on causait juste comme ça… Et pis j'y ai jamais dit oui ! J'y ai pas dit non, non plus, remarque !

J'étais fin prêt. J'ouvris la porte et la petite continua :

- Et pis à présent, j'chais pu comment y dire que Paris, comme ça, ça m'intéresse pas.

- Pourtant, quand on vous a vus rentrer hier soir, vous étiez main dans la main !

- Ben oué : j'voulais pas passer pour une cruche devant les autres ! C'est qu'elles y ont presque toutes fait, elles autres, alors…

Nous continuions de palabrer sur le chemin de la ferme :

- Tu t'arrêtes à ça, toi ? Tu es libre de tes choix, Ninny, et les autres tu les emmerdes ! Par contre, si je peux te donner un conseil…

Elle s'arrêta, me regarda en disant :

- J'aimerais mieux que tu m'donnes aut'chose, mais dis toujours.

- Si vraiment tu ne veux pas du Pierrot, il faut le lui dire sans tarder, sinon il va être malheureux.

- Qu'est-ce ça peut te faire qu'y soit malheureux ? J'croyais que tu l'aimais pas ?

- Disons que je ne l'aime pas beaucoup parce que lui ne m'aime pas du tout… Mais si lui t'aime vraiment, il faut être honnête. On ne sait jamais comment peut réagir un homme amoureux !

- Pfff... C'est pas un homme, juste un gamin qui rêve... Tu l'dis toi-même, qu'on est des gamins...

- Peut-être que je ne vous ai pas vus grandir ?

Elle s'arrêta encore, se tourna vers moi, attendrie :

- Même moi ?

Chapitre XXIII

Je m'arrêtai à mon tour, et répondis, les yeux dans le vague :

- Toi plus que tout autre, certainement…

Elle se jeta sur moi. Ses bras avaient enlacé mon cou avant que n'aie pu bouger. Je ne savais pas quoi faire des miens. Elle plaqua sur ma bouche ses lèvres fraîches. Surpris, je répondis à son baiser. Là, elle me lâcha, recula comme un chaton effarouché :

- Eh ben dis donc, toi !

Un peu bête, je débitai la première réflexion qui me vint :

- La meilleure défense, c'est l'attaque !

Elle fit la moue :

- Défense de quoi ???

Je repris la marche sans répondre. Elle me suivit en insistant :

- Hein ? Tu veux te défendre de quoi ?

- Rien ! Laisse tomber, avance…

Elle stoppa encore, les mains sur les hanches :

- Non ! J'avance plus si tu me réponds pas !

Je soupirai en me retournant :

- Je me défends contre moi-même. Tu n'y es pour rien, Ninny ! Et tu le sais bien. Tu as bien compris que… je t'aimais plus qu'une petite sœur…

Elle vint se blottir contre moi. Ses bras essayèrent encore de m'entourer. Je bloquai la manœuvre. Elle supplia :

- Tu veux pas recommencer ?

- Non... Pas comme ça. Il faut d'abord que tu parles à Pierrot. Après, on verra !

Elle s'emporta :

- J'vas y aller y causer au Pierrot. J'vas y dire que j'veux pas d'lui. Y'en a pas pour longtemps ! Tiens, j'vas y aller c't'après-midi !

- Très bien ! Je n'en attendais pas moins de toi.

- Oué. C'est facile pour toi de dire ça... C'est moi qui m'y colle, alors que c'est quand même un peu de ta faute !

- Comment ça ?

- Parfaitement ! Si tu m'avais dit ce que tu m'as dit d't'à l'heure un peu avant, j'm'en serais jamais approchée du Pierrot !

- Désolé. Mais je ne vais quand même pas t'accompagner...

- Surtout pas ! Y serait encore capable de te jeter des cailloux !

Je ne sus que répondre. On continua notre route en silence, moi mains dans les poches, Annie pendue à mon bras, Chacun dans ses pensées. Les miennes étaient entre angoisse et rêve. Un cap à franchir. Alors que nous débouchions dans la cour de la ferme, Joseph se mit à danser devant moi :

- Eh bien voilà ! Je crois que je vais bientôt pouvoir partir... Tu es sur la voie de la guérison, mon Jules

- Attends ! Rien n'est fait, encore...

Annie me regarda en souriant :

- Joseph ?

- Oui...

- Je l'aime bien, tout compte fait, celui-là.

Elle lâcha mon bras au moment où j'actionnai la poignée de la porte. Dans la salle commune, personne ne dit mot, mais à leur petit sourire condescendant, je compris qu'ils n'étaient pas dupes. Il y avait là Mathieu et Marguerite, bien sûr, ainsi que Germaine et son moutonneux de mari. Le vieux patriarche rompit la gêne qui s'installait en lançant une plaisanterie sur ma tête de lendemain de cuite. Je finis par mettre tout le monde à l'aise en affirmant que je prendrais bien un petit apéritif pour me laver dedans. Tous partirent à rire et le repas se déroula dans une humeur joyeuse. Alors que nous prenions un café arrosé, Annie sortit de table, prit un ciré à la patère et dit :

- J'reviens... J'ai un truc à faire.

Marguerite la sermonna pour la forme :

- Mais il s'est mis à pleuvoir !

- J'y sais ben ! Mais j'en ai pas pour longtemps, j'y vas en vélo !

Elle sortit sans que personne ne fasse d'autres remarques. Quelques instants plus tard, alors que Marguerite installait le tapis de belote pour occuper cette après-midi pluvieuse, le vieux me demanda :

- Tu y sais, toi, où qu'a l'est partie ?

- Je crois... Enfin, j'espère !

Sa réponse fut brève :

- Ah ? Ben c'est bien...

Le simple fait que je sache semblait le rassurer. La partie de cartes dura jusqu'à six heures. Si on semblait bien s'amuser en jouant contre Germaine et son homme, Mathieu semblait inquiet à mesure que l'horloge égrenait les minutes. Alors qu'on repliait le tapis, la petite entra rapidement, trempée comme une soupe, mais un large sourire aux lèvres. Le vieux paysan retrouva alors un visage serein. Après s'être débarrassée de son ciré, elle vint derrière ma chaise, me passa les bras autour du cou et me glissa à l'oreille :

- Ça y est !

Je me retournai :

- Et ?

- Ben rien... Enfin, il est pas content. M'a traité d'allumeuse ! Et pis il a rejoint ses copains en se foutant d'ma gueule. Il fait le beau, mais j'crois qu'il est un peu malheureux quand même ! Ou juste vexé, j'chais pas bien.

- Ou les deux... Mais c'est mieux ainsi.

- Oué… J'y ai rin promis, moi. Et pis ça a duré que cinq minutes, si on y pense, hein ? En tout cas, j'ai perdu quèques copains dans l'histoire. Pas grave, j'm'en feras d'autres !

Pour le reste de la tablée, il n'y eut plus aucune ambiguïté quand elle fit le tour de ma chaise pour se poser sur mes genoux. Du coup, Germaine et son bonhomme restèrent dîner. Des fois qu'ils apprennent une bonne nouvelle ! En tout cas, on ne nous posa aucune question. Et comme nous n'avions rien à leur dire, le repas se déroula dans une bonne humeur de façade. Les deux jeunes mariés rentrèrent chez eux un peu plus tard, un peu frustrés quand même. Avec la nuit qui était tombée, la pluie avait redoublé de vigueur et Mathieu proposa de me raccompagner en voiture. Annie sauta sur l'occasion pour se joindre à nous. Arrivés dans la cour du château, je leur proposai un dernier café ou autre chose. Sitôt descendus de l'auto, on entendit crier :

- J'en étais sûr, que t'étais avec lui !

Le cri semblait venir d'en haut. Je levai la tête et crus apercevoir une silhouette perchée en haut de la tour en ruine. Mathieu, réactif, remonta dans la voiture, actionna les phares, et dirigea le véhicule en direction de la tour. Pierrot était là, debout au faît du vieux mur. Il continua :

- Alors, la Ninny, Tu r'viens avec moi, ou j'saute ?

Deux larmes perlaient aux joues de la petite. Elle s'emporta :

- T'es pas bien, toi ! Pourquoi que j'vindrais avec toi ? T'as donc pas compris, c't'après-midi ???

- Oué ! C'est l'aut'là qui t'a embobinée !… Et tous nos projets, hein ? Paris, tout ça ? T'étais ben d'accord, avant ?

- Eh, j't'ai jamais rin promis, moi, oh !

- Mais t'avais pas dit non !

- J'ai rien dit : j't'ai laissé causer, c'est tout !… C'est pas pareil ! Allez, descend d'là, Pierrot !

- Non, j'descendrai pas ! J'vas sauter !

A ce moment-là, le père Mathieu s'emporta :

- Descends donc, baziau, ou j'vas chercher ton p'pa ! Décidément, j'vas y fout'le feu pour de bon, c'te fois, à c'putain d'châtiau !

Stupéfait, je répliquai :

- Parce que la première fois, déjà ???

- J't'ai déjà dit qu'non ! C'est pas moué, et j'cheus pas un menteur ! Mais j'vas finir par croire qu'a porte malheur, c'te bâtisse !

- Mais vous savez qui c'est ?

- Oué, j'y sais ! Et pis, qui que ça fait, à présent ?

- Faudra qu'on parle, Mathieu, après !

- Si tu veux !

Là-haut, complètement décontenancé, Pierrot hurla :

- Eh ben et moi ?? Tout l'monde s'en fout ?

Et Mathieu :

- Oué !! T'as qu'à sauter si tu veux, t'entends ? On s'en branle !!

Penaud, le gamin commença à redescendre avec précaution en criant :

- Oué, eh ben j'vas descendre et pis m'en aller ! J'y ai échappé belle. Tu parles d'une famille de tarés !

Le vieux haussa les épaules :

- T'as vu la tienne, de famille ? Un ramassis de feignasses et de poivrots ! Allez, ripe de là !!

Pierrot ne répondit pas et s'en alla comme il était venu. Mathieu se tourna vers moi pour constater qu'Annie était venue se blottir au creux de mes bras :

- Bon, tu l'payes, ton canon ? Pour le reste, vous avez tout vot'temps !

On entra s'installer sous l'escalier, la place préférée de Ninny. Pendant que je faisais couler du café à la cuisine et que je sortais la bouteille de vieille prune, j'interpelai Mathieu :

- Bon, on en parle tout de suite, ou on attend d'être tous les deux ?

La réponse fut immédiate :

- J'vous y raconte tout, là, dès que t'emmènes à boire ! La gamine aussi a le droit de savoir. Et pis après, on n'en cause pu ! A personne, hein ?... Là, faut jurer !

Tandis que je revenais avec un plateau chargé de la cafetière, des tasses et de la bouteille d'eau-de-vie, ma voix se confondit avec celle d'Annie :

- J'le jure !

Je pris place, servis les cafés, et attendis qu'il parle, sans le brusquer :

- Bon, tu t'rappelles : y'avait c't'orage qui dévastait tout... Moué, c'te soir-là, j'étais complètement bourré, comme d'habitude, et quand que j'cheus arrivé, ça flambait de partout ! Mais bourré ou pas, j'l'ai ben vue se faufiler derrière en courant à travers les ronces...

- Vu qui ?

C'était Annie qui avait demandé.

- Ta grand-mère...

- Hein ?

- Oué... C'est pas c'que tu crois. Elle aussi a l'avait vu les flammes. Ben avant moué. A l'était là presque depuis l'début. A m'a raconté, après... A croyait qu'y avait personne, dans l'châtiau. Et pis a l'avait qu'une idée, à c't'époque : les voir partir, les deux Parigots, comme a les appelait, pour que j'cheus pu malheureux, pour que j'arrête de passer mes journées enfermé dans la cave à picoler jusqu'à pu soif... Vers la belle auto, y'avait un bidon d'essence, sans doute pour le cas où qu'ils en auraient manqué... A s'est juste dit : «« Si j'fais flamber la bagnole, y vont ben finir par être dégoûtés et pis s'en aller ! » A l'a arrosé, l'auto, et pis a y'a craqué une allumette... Oué, a l'avait pris des allumettes. Même si y'avait pas eu l'orage, a l'aurait fait ! A l'avait ça dans l'idée. Mais a voulait tuer personne ! C'qu'a l'avait pas prévu, c'est que l'vent allait propager l'feu : quand que la belle bagnole a commencé à cramer, les flammes sont venues sur elle alors qu'a tenait encore le bidon... A l'a lâché, le bidon, et s'est mise à courir... Il avait beau tomber des cordes, ça a pas empêché le jerrican de flamber. Après, c'est-y le vent ou l'essence qui restait qu'a mis le feu à la porte ? J'en sais rin ! Moué, ça m'avait dessoûlé net. J'ai couru vers la bagnole et j'ai jeté l'bidon par-dessus l'mur, dans les broussailles. Le lendemain, j'cheus revenu l'chercher, et pis j'l'ai foutu dans l'étang. Voilà. A l'a fait ça pour moué, la Guiguitte, pour m'sauver ! J'crois ben que sinon, c'est moué que serait mort, à c't'heure !

Annie était tétanisée par le récit de son grand-oncle. Jamais elle n'aurait pensé que la douce Marguerite fût capable d'un tel geste. Moi aussi, j'étais ébahi. Je me contentai d'un simple :

- Eh ben dis donc !

- Oué, mais vous avez juré, les deux !... On n'en cause pu !

- D'accord, mais les gendarmes, à l'époque, ils ne se sont pas posés de questions ?

- Penses-tu ! Ils ont dit que la foudre a l'était tombée à deux endroits, c'est tout ! Pourtant, l'Eugène y les a fait chier un bon bout de temps, avec ça ! Moué, j'y juste dit que j'étais d'accord avec lui, à l'Eugène, après... Mais j'y ai jamais dit qu'c'était ma sœur. Et pis y m'y a pas demandé, non pu ! Y m'aurait peut-être même pas cru, si ça se trouve !... Bon, à présent que vous savez tout, sers moué donc une gnôle au fond d'ma tasse !

Épilogue

Maman,

Si je t'écris aujourd'hui, ce n'est pas de ma propre initiative, je te l'avoue. C'est Annie, ma bien-aimée, qui m'y a poussé. Il y a longtemps qu'elle voulait que je le fasse. Jusqu'alors, j'avais résisté. Déjà, quand on s'est mariés l'an dernier, je n'ai pas osé t'envoyer d'invitation. Pourquoi ? je ne sais toujours pas. Peut-être avais-je peur que tu ne viennes pas ?... Moi, je ne reviendrai jamais à Reuilly. Depuis ma dernière visite en 46, j'ai compris, peut-être à tort, que tu ne te préoccupais de moi que pour faire tourner ta florissante affaire. Ce jour-là, c'est tout juste si tu m'as demandé des nouvelles de ma santé ! Depuis, j'ai failli revenir plusieurs fois, mais le destin en a décidé autrement. Soit par hasard, soit que j'aie renoncé au dernier moment. Pourtant, on m'y a poussé, à rentrer au bercail. Une vie toute tracée au milieu des vignes ! J'en ai même rêvé, là-bas, en Indochine... Mais le destin, encore ! Aujourd'hui, je suis presque pleinement heureux. Je travaille la terre dans le sud du département - tu vois, je ne suis pas très loin - avec l'oncle de mon épouse. Aux environs de La Guerche, exactement. Le but de cette missive est de t'informer de la naissance de ton petit-fils. Il est né la semaine dernière, pèse trois kilos et demi, et ressemble à s'y méprendre à papa. Tu es bien sûr libre de venir l'embrasser quand bon te semblera. Chez nous, tu seras la bienvenue. Une dernière chose, et tout sera dit : si j'ai tracé ma vie d'homme loin de vous, c'est que je voulais apprendre à vivre en homme libre. Libre de ses choix, de ses idées. Pas comme papa qui a toujours été à ta botte, et qui l'a payé de sa vie. Voilà, c'est dit, et je ne t'en parlerai jamais plus. Espérant malgré tout avoir le plaisir de t'accueillir bientôt, je t'embrasse tendrement.

Ton fils JULES

Alors que j'écrivais l'adresse sur une enveloppe, Annie relisait ma lettre :

- Pourquoi dis-tu presque pleinement heureux, mon Jules ?

Comment lui expliquer ? Si on pouvait considérer les venues de Joseph comme une sorte de maladie psychologique - un déni de deuil, m'avait diagnostiqué un spécialiste au Val-de-Grâce à l'époque -, on peut alors dire qu'aujourd'hui je suis guéri. Sa dernière apparition remonte au fameux soir des confessions de tonton Mathieu, puisqu'il faut l'appeler ainsi maintenant. Il semblait joyeux, heureux de me voir enfin serein. Juste avant de disparaître, il m'a simplement dit que je n'avais plus besoin de lui, qu'il fallait que je me consacre exclusivement à faire le bonheur de la petite. Moi, habitué à ses facéties, j'ai cru qu'il plaisantait, persuadé de le revoir le lendemain. Mais il n'est pas revenu. Bien sûr, j'y pense encore souvent avec tendresse, tristesse quelquefois aussi. Mais je ne l'ai plus jamais vu autrement que sur la toile peinte quelques mois plus tôt. Même en la fixant intensément, il ne revient pas…

Je me contentai de répondre :

- C'est Joseph… Il arrive qu'il me manque !

Annie se rapprocha de moi avec le bébé dans les bras :

- Joseph, c'était quelqu'un de sensé. Il a compris maintenant que tu avais petit Joseph pour le remplacer, pour guider tes pas… Mais je suis sûre que de là-haut, il continue à veiller sur nous !

------------------------ FIN ----------------------

À Saulzet-le-Chaud du 1er avril au 1er septembre 2013

Sommaire

Dans la même collection

Le fils des Lumières (Berry) Guillaume Trotignon
Les mariés de Tournai (Orléanais - Nord) Gérard Boutet
Tais-toi, Joseph ! (Berry) Serge Camaille
La Folie-Bâton (Berry) Monique Chainet
Un si joli petit village (Berry) Jean-Yves Fontenaille
Alt128 et les grandes oreilles (Sologne) Jean-Claude Ponçon
Le Guépin (Orléanais) Olivier & Yolande Delagrange
Les fruits de l'arrière-saison (Bourgogne) Aurore Py
Les galons perdus (Limousin) Jean-Baptiste Renondin
Mathilde (Limousin) Stéphane Bein
Un taxi de la Marne (Guerre 14-18) Colette Blanluet
Pisseur au vent (Sologne) Chérif Zananiri
L'enfant du Pont du Diable (Berry-Creuse) Alain Lebrun
La cité éphémère (Auvergne) André Boudon-Delmas
La Perdrière (Touraine) Eliane Aubert-Colombani
Le temps des blés (Berry) Guillaume Trotignon
Allons enfants… (Limousin) Stéphane Bein
Tragine, bandit de l'Ariège (Pyrénées) Pierre-Jean Brassac
Les épis mûrs (Berry) Jacky Naubron
Le destin d'Amélie (Sologne) Gérard Bardon
Marie Sorcelle (Berry) Marie du Berry
Désormais tu sauras (Auvergne) André Boudon-Delmas
Les bêtes à pain (Bourgogne) Alexis Boucot
Le recenseur (Berry) Michèle Dassas
Les vignes de l'Exil (trilogie) (Berry) Christian Benz
et Marie-Agnès Bavay-Bezançon
La claie d'Infamie (Beauce) Gérard Boutet
Péri (Nord) Rudi Meunier
Journal d'un sorcier de campagne (Berry et Sologne) Marieke Aucante
Blé dur, blé tendre (Beauce) Jean-Claude Ponçon

Tais-toi, Joseph !

Auteur :

Serge CAMAILLE

Directeur de collection :
Christophe MATHO

Édition, réalisation : MARIVOLE ÉDITIONS
SAS CPE - RCS B 398-382-416
ZA du Pâtureau 2000 (Pruniers)
BP 57 - 41202 Romorantin Cedex
Téléphone : 02 54 83 41 41 - Fax : 02 54 76 77 98
e-mail : marivole@cpe-editions.com
Site internet : www.marivole.fr

Imprimé en France par Présence Graphique - mars 2015

ISBN 978-2-36575-163-6

EAN : 9782365751636

Dépôt légal à parution